北京画院

北京画院学术丛书

时代的刃锋

汪刃锋研究

陈履生　编著

目 录

序言

木刻，木刻，木刻，
我们是年轻的木刻的工作者，
我们是新兴艺术运动的农夫，
像火线上英勇的战士，
像建设自由之邦的工程师。

钢刀，木板，木板，
钢刀，是我们的武器，
我们要运用这样的武器，
从黑暗中刻划出期望的曙光，
从苦难中刻划出为全民族求生存的血路！

1931 年 8 月 22 日鲁迅和木刻讲习所成员合影

汪刃锋在1944年所发表的《谈中国木刻运动》一文中说："我们要述说中国木刻运动，当然不能忘了倡导木刻艺术的鲁迅先生，他以一代大艺术家的巨眼和气魄，领导青年的艺术工作者们，开辟了一条新兴艺术——木刻的大道！这是我们木刻运动史上不可磨灭的一页，也是我们永远要纪念的一代大师。"显然，这是汪刃锋那一代的年轻木刻家的心声，他们对鲁迅的崇拜和敬仰，不仅反映了他们所从事的木刻艺术与鲁迅的关系，而且也说明了鲁迅对20世纪美术发展中的木刻艺术成就的贡献。

1934年，鲁迅在《木刻纪程·小引》中说："中国木刻图画，从唐到明，曾经有过很体面的历史。但现在的新的木刻，却和历史不相干。先的木刻，是受了欧洲的创作木刻的影响的。创作木刻的介绍，始于'朝花社'，那出版的《艺苑朝华》四本，虽然选择印造，并不精工，且为艺术名家所不齿，却颇引起了青年学徒的注意。到1931年夏，在上海遂有了中国最初的木刻讲习所。"可以说，曾经在20世纪美术史上创造辉煌的版画，其发源的历史就是像鲁迅所说的那么简单。这里鲁迅所提出的"创作木刻"，就是从审美领域的独立性方面把它从中国以往历史中已经有过的用于印制的木刻独立出来，成为一个独立的画种和一种独特的艺术。版画在中国的兴起，和五四新文化运动的影响有着直接的关联，也和抗日的社会现实有着必然的联系，鲁迅作为引进并弘扬这一艺术形式的最富劳绩者，在青年版画家的心目中享有崇高的威望，因此，很多受过他教诲的现代著名的版画

"当时艺坛的时弊，不是士大夫的风花雪月，才子佳人，即是西欧印象派之后的变形。在当时这些所谓艺术，使人们在精神上产生了空虚萎靡麻木之感。所以鲁迅先生指出艺术家必须要有进步的思想和高尚的人格，才能制作出感人的作品来。"

"当时先生对年轻一代木刻艺徒的谆谆教导和无微不至的爱护，从而使中国新兴木刻一开始就和人民的命运相联系，就和中国无产阶级所领导的革命事业相联系。鲁迅特别注重思想上培育，同时辅之以技术上的指导。"

——汪刃锋《新兴木刻的导师》

家都认为鲁迅是"中国新兴木刻的'母亲'"。

从1929年"朝花社"成立后,版画就表现出激进的思想倾向,按照鲁迅的说法,"颇引起了青年学徒的注意"。经过一年多的时间,到1931年9月18日,日本侵占东三省,全民抗战的爆发,使版画这一艺术形式遇到了发展的契机。如果说,当年鲁迅引进版画,是基于新艺术形式的考虑,那么,面对日木侵略军的铁蹄,面对烽烟四起的战火硝烟,年轻的木刻工作者以木刻刻制的具有抗日内容的传单和画报,则将这一艺术形式与宣传抗日的思想结合起来,使之具有现实的功用。而这种反映社会需求的艺术样式,正是传统的艺术样式所不足的。随着30年代初期各种版画团体的相继出现,版画队伍得到了不断壮大,而且出现了一大批反映民族灾难、民众疾苦的作品,这些作品所具有的艺术感染力和震撼力,深深打动了民心,成为"革命的中国之新艺术"。

以木刻为主体的新兴版画运动,在一个大的时代背景的映照下,其艺术的内涵在时间和空间上都表现了前所未有的超大容量,艺术从来没有像那个时代那样能够紧扣着时代的主题,也从来没有像那个时代那样表现出超乎寻常的战斗的锋芒。而作为革命的、战斗的木刻艺术,也在一个超乎寻常的艰苦环境中表现出了它旺盛的生命力和独特的表现力。木刻作为年轻的艺术,连接了年轻的生命,年轻的生命主导了年轻的艺术。木刻以它旺盛的生命热情,在时代的洪流中激情澎湃,不可阻挡。年轻的木刻家为了自己的理想,突破关山阻隔,以生命为代价;为了自己的理想,超越艺术自我,以人民为方向。他们摆脱了名利的羁绊,用自己营造的黑白世界,用朴素的视觉形象,表现了对社会是非分明的看法,反映了超越艺术之上的社会意义。汪刃锋和他那个时代的青年木刻家一样,适逢其时地遇上了一个需要艺术作为战斗刃锋的时代。因此,他们在时代的激励之中,满怀一腔热情投入到为争取民族解放的事业之中,同时,以自己的艺术表现人民的疾苦,呼唤人民的觉悟,争取民主的权利,这就构成了一个时代的艺术主流,也造就了他们立足于20世纪上半叶中国艺术史的历史地位。

年轻的艺术家通过自己的努力,终于看到了新中国的建立,他们又遇到了一个新的历史机遇。年轻的艺术家满怀着时代的抱负,憧憬着艺术的理想,随着时代的洪流前行,热情不减当年。虽然,汪刃锋和他那一代人身处一个和平的环境,但是,并没有可能全力投入到自己的艺术事业之中,面对一个接一个的政治运动,面对政府的号召和文艺政策的指引,他们还像过去那样,充满了对党的信任、对生活的热情、对事业的执著。然而,政治的漩涡常常不以人的意志为转移,不时地吞噬了一个个年轻的艺术生命,许多在战场上、在白色恐怖中没有被击倒的年轻生命,却

求索 1980年 60 cm × 45 cm

关于木刻版画的风格问题,我想起,鲁迅先生在三十年代初期介绍了一批外国木刻给青年木刻从事者们参考,如"艺苑朝华"就是鲁迅用自费印的分赠青年木刻家们,其中有英国的严肃、法国的爽朗、北欧的庄重。鲁迅在中国的木刻发轫之初就以多种不同风格的木刻作为引导。虽然当时在艺术上很不成熟,但在风格上是朝着多样化方向探索的。我想,风格多样化,还应和地方特色、民族特点结合起来,经过反复的实践,便会形成具有地方特色和民族特点的民族艺术。过去曾经有一段时间里没有了多样化,搞成了千篇一律的规格化,只求外形上的完整而人物也不外是模特儿装腔作势的模写,缺乏艺术家真实的感情,给人一种冷漠之感。我想艺术是人格的表现,每个人的性格长相都不同,为什么在作品会差不多呢?这是值得深思的一个问题。当然在探索风格上我们既要吸收民族的、古代的、现代的,也要吸收西方的、东方的,来丰富我们自己的艺术宝库,使我们这枝木刻艺术之花生生不已。

——汪刃锋《新兴木刻的导师》

鲁讯　1947年　21 cm × 15 cm

在新中国的政治漩涡中落水，汪刃锋则是其中之一。

　　早在1948年，朱鸣冈就这样评价汪刃锋："刃锋的做人和他的画一样，是很成功的。他爽朗、明快、胆大、心细，人家不敢说的话他敢说，人家不敢做的事他敢做。"正因为汪刃锋这样的性格和特点，从1957年到1979年的20余年间是汪刃锋40岁至60余岁的最好时光，本来应该大有作为，却因为直率的个性在反"右"时失去了艺术生命中的灿烂，在人生的历程中跌落至历史的最低点。与他年轻时风华正茂却有着蒸蒸日上的事业相比，他人生的灰暗期又是一个时代无数艺术家境遇的缩影。显然，深陷政治漩涡的汪刃锋在人生的最好时机内没有可能创造他艺术的高峰，却把艺术的高峰留在了青年时期，这只能说是时代的悲剧。

　　可是，这并不影响汪刃锋这一个案的学术意义。从他的艺术历程中，我们可以看到20世纪中国美术史上的一段独特的篇章，可以由此及彼地透视出一个时代艺术发展的历程。

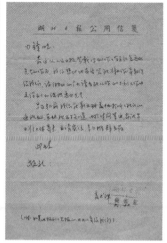

1956年，汪刃锋表现鲁迅的作品在《人民日报》发表后，引起了《湖北日报》及读者的关注，《湖北日报》向汪刃锋发出了约稿函。同年汪刃锋向中山大学赠送了自己的作品《鲁迅像》。

上篇　刃锋从黑暗中刻划出期望

从赤镇到大别山

1918年出生于安徽全椒县赤镇的汪刃锋，并非是书香门第，但在四五岁时就喜欢画画，这或许是出于儿童的一般天性，可是作为后来有成就的画家，人们对他的认识又不能不从这一天性开始。当他从6岁拜在孔夫子牌位前之后，一生就开始了与文化的关系。汪刃锋10岁时就随外祖父鲁鸿钧习国画、书法，所以，到小学毕业后，15岁的汪刃锋就开私塾教儿童，以贴补家用，同时在家自修。

汪刃锋的艺术履历实际上是从1936年开始的。这一年他和林散之的学生林秋泉一起到南京参观全国美展，后来又跟着他外公的朋友到上海，结识了上海美专的学生张致公，并在上海美专认识了几位木刻家，其中有陈烟桥、张望。在他们的介绍下，汪刃锋读到了一些鲁迅关于木刻的文章，深受启发，同时还受到一些进步思想的影响。后来他又在内山书店买了一盒木刻刀，以及鲁迅编的《苏俄画选》、《珂勒惠支版画集》等图书，从此开始集中精力钻研木刻。

1937年，卢沟桥事件爆发后，整个中国群情激愤，特别是那些不愿做亡国奴的热血青年纷纷走向流亡和抗日的征途。身在家乡赤镇的汪刃锋回想在上海时听说西北的延安有个共产党办的抗日大学，不收学费，也不论贫富，便萌生了投奔延安的想法，可是由于凑不齐路费，又无人介绍，于是就改变了主意，决定离家出走。他随着难民的潮流跟着同乡汪逸少来到皖西，进了由"安徽省动员委员会"所办的乡政干部抗日训练班，学习结束后被分配到动员委员会第26工作团，从事宣传并组织农民抗日的工作。在大别山密西县头沱河区黄叶乡，汪刃锋所在的团又分为三个小分队，每队五六人。汪刃锋这个分队住在一个草庵里，自己开火做饭，生活十分艰苦，他曾经写了一首诗记录了当时的状况：

自刻像　1940年　20 cm × 15 cm

> 野菜无盐间大豆，同仇敌忾寄荒庵。
> 旅险若夷期报国，倭氛荡尽始心安。

这时在大别山从事抗日救亡运动的还有几位上海美专和中大美术系的学生，其中有后来著名的油画家莫朴（时任五路军政治部宣传干事）。他们相会在一起后就商量成立一个绘画宣传队，希望以一种团队的力量开展绘画宣传工作。他们的想法在得到了领导的批准后，即开赴皖北黄泛区进行敌后宣传工作。汪刃锋在大块梨木板上刻宣传画，

游击队的收获　1939年　32 cm × 22 cm

拓印出来后当招贴。他和同事们一起在两个多月的时间里，巡回了五百里。后来，他们在淮北与雪峰的五支队取得了联系，并在一起交换了资料。

在大别山，汪刃锋第一次用笔名"刃锋"在《大别山文艺》上发表了作品和文章，因此，大别山不仅是他作为革命文艺工作的起点，也是他这个时代"刃锋"的诞生地。对于汪刃锋来说，早期的这些凡诸于出版物的成绩，虽然是小试锋芒，可是却为后来落脚于重庆作为能力的证明，起到了一定的作用。汪刃锋在大别山的磨炼中不仅接受了现实，而且懂得了艺术的新的使命。

当冬天到来的时候，政治的形势也转入到严寒。汪刃锋和他的绘画宣传队回到立煌，安徽的政局发生了很大的变化，一批国民党的特工人员进入安徽，开始迫害左翼的抗日文化人士。不久，省动员委员会宣传部部长狄超白要汪刃锋离开安徽，以防不测。为了筹集路费，汪刃锋把在大别山画的素描、速写和创作一起捐献给了安徽省文化工作委员会，得到了50元稿费。汪刃锋拿着这50元路费离开了大别山，从敌战区绕道步行二十几天，经当阳过襄阳而到宜昌，再由宜昌乘船到重庆。

1936年在大别山与战友在一起。

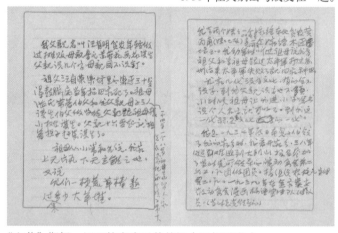

"文革"期间，汪刃锋在自己的笔记中回忆了家史。

驰援　1939 年　18 cm × 23 cm

在血泊中战斗　1939 年　13 cm × 19 cm

小组会　1940 年　23 cm × 27.5 cm

新兴艺术运动的农夫

屠岸在1948年所写的《刃锋的木刻艺术》一文中说，"虽然他最初的作品就已经显露了他的卓越的才能,但他之所以被公认为杰出的艺术家, 则是在1940年从大别山区撤退到重庆后担任了陶行知先生所创办的育才学校的绘画组教师以后。"陶行知先生的知遇之恩, 在汪刃锋的人生发展中确实起到了至关重要的作用, 而在育才学校的再教育的过程中, 汪刃锋开始走向成熟。

离开大别山最终到达重庆之后, 汪刃锋先在一所教养院担任劳美课教职, 但"并不乐意", 显然, 也不甘心。后来经人介绍, 他见到了陶行知, 出示了在《大别山文艺》上发表的作品和文章以及一些山水画。陶先生在询问了一些大别山的情况之后, 告诉汪刃锋现在是抗日的低潮, 并写了一封介绍信让汪刃锋去见育才学校的副校长马侣贤, 让他把汪刃锋安排到绘画组。

这样, 汪刃锋来到草街子古圣寺的育才学校。当时绘画组的主任是陈烟桥, 他们曾经于1936年在上海美专有过一面之交。育才学校的学生都是由各保育院、教养院选送来的, 最大的十二三岁, 最小的八九岁, 男女生约有20余人, 汪刃锋在这里担任野外写生和西洋美术史课程。对于汪刃锋来说, 这里给予他最多的是那间不大的图书馆, 其中有许多是他从来没有读到过的图书, 内容涉及除美术之外的其他学科, 这为他的艺术基础增加了许多有用的新的内容。同时还因为这所学校的特殊性, 有许多名人先后来到这里讲学, 如周恩来讲国内外形势、邓颖超讲苏联归来的感受、翦伯赞讲中国通史、邓初民讲中国社会发展史, 以及郭沫若、田汉等的专题报告, 都给汪刃锋以很大的影响。他形容当时听了这些讲座和报告之后的感受, "如同在沙漠中得到了甘露, 是多么难得的绿洲啊"。所以, 他后来总结说: "来到育才之后得到陶老夫子的信赖, 既当先生又当学生, 在育才的几年当中, 我学到了很多东西, 既加强了宏观的艺术修养, 又学到了老夫子以及育才大哥哥大姐姐们诚恳朴质的做人。"

在重庆期间, 汪刃锋先后结识了几位后来为推动版画运动作出重要贡献的版画家, 其中有在文化工作委员会工作的丁正献, 在中学教美术的王琦, 加上后来加入到育才学校的刘铁华。当他们聚集到一起的时候, 不仅是版画在重庆的力量开始增强, 而且也预示了在现代美术史上新的一轮木刻风潮的到来。1941年, 国民党中央社会部取消了1938年6月12日成立的"中华全国木刻界抗敌协会", 同

人民教育家陶行知　1981 年　39 cm × 29 cm

"育才学校是陶行知先生于1939年在重庆开办的。地址有两处: 北碚草街子古圣寺为校本部, 管家巷28号为分校。学生都是抗战期间来自全国二十几个省份的难童, 他们原在教养院里, 后由陶先生聘请各方面专家帮助挑选而来。这些难童最小的八九岁, 最大的也不过十二三岁, 但都有一定的兴趣爱好和艺术才能。这些学生在校的学习和生活所需以及学校教师的生活薪给, 都靠陶先生向社会人士劝募解决。所以, 陶先生为了向各界民主人士募集办学经费, 踏遍山城, 不仅奔波劳累, 而且还受到国民党特务的跟踪监视和破坏阻挠, 陶先生不得不随时跟国民党特务周旋与斗争。"

"我的住处就在陶先生的卧室外不到3米见方的三角形过道上, 和陶先生朝夕相处, 对陶先生的情况有些了解。陶先生为教育事业终日奔走劳碌。"

——汪刃锋《和陶行知先生在一起的日子》

被淹没的高粱地　1940年　8 cm × 10 cm

时还解散了一批进步的艺术团体,在这样的形势下,木刻运动一度处于低潮。可是这一批年轻木刻家为了重振中国的新兴木刻运动,商量决定以研究会的名义成立一个新的版画组织,并且得到了周恩来副主席的支持,于是,1942年1月3日在重庆中苏文化协会二楼成立了"中国木刻研究会"。"中国木刻研究会"的成立不只是木刻家有了一个自己的组织,重要的是这个组织把分散的全国木刻工作者团结起来,用木刻这一艺术形式为抗战的时代任务服务。所以,当年的"双十节"就举办了一次全国性的木刻展览会。汪刃锋作为发起者之一,在这个组织中担任了理事职务。从此,汪刃锋作为一个木刻活动的组织者,开始介入到一些重要的木刻活动之中。

　　1943年夏,汪刃锋随川康公路社会教育工作队,沿途作抗战宣传到成都。在汪刃锋的建议下,由工作队出面举办了一次规模空前的全国木刻展,获得了社会的称赞,而这次展览则在他的艺术活动历程中占有重要的一页。

　　战时的重庆云集了一大批各方面的文化人士,这些文化人思想活跃,代表了一个时代文化前进的方向,汪刃锋通过各种渠道陆续结识了许多文化人士,这些人物的思想对汪刃锋有很大的影响,在这种交往中,汪刃锋也在学识的累积过程中逐步成长起来,不仅成为重庆木刻界的一个重要的代表人物,而且也活跃于文化人士和民主人士的各种活动之中。

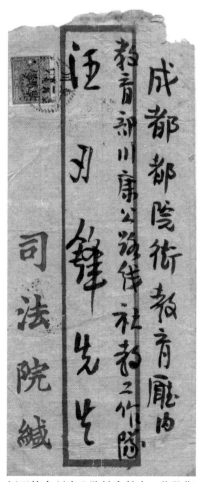

汪刃锋在川康公路社会教育工作队期间的通信。

在水深火热之中　1940 年　17.5 cm × 23.5 cm

从苦难中刻划出为全民族求生存的血路

1939年底，当汪刃锋离开大别山来到重庆在朝天门码头上岸以后，战时作为陪都的重庆，给予汪刃锋最初的印象，令他大为意外，"和战前一样，歌舞升平，吃喝玩乐，穷富对比十分尖锐"。为此，他作诗感怀：

> 我到巴山已有时，那堪人海竟如斯。
> 奢淫彼彼寻新乐，前线牺牲却为谁。（之一）
>
> 濛濛细雨湿征衫，迫守穷途举步难。
> 战都歌舞犹如昔，热血男儿怎忍看。（之二）

"把社会的不幸和人家的痛苦看做自身经受"的汪刃锋，认为："画家作画是忧人之忧，另一方面是乐人之乐。绘画对于人们的影响是靠着具体的形象，使人们也能忧人之忧，乐人之乐。"他认为绘画"表示着人类的希望。一个人当不满意于现实的时候，喊几声'黑暗的社会啊！''前途茫茫啊！'这只是消极的办法，没有什么意思。绘画却凭形象表示出集体的希望"。"同时也表示出普通人的眼睛所看不到的东西。他把人间的矛盾与丑恶揭露显现在大众之前，使大众看了，一方面觉得这是实象，另一方面又觉得平时自己看不到这么深刻。在这时候，色彩与线条的运用不再是一种技巧，却是一双透视社会的锐利的眼睛了，绘画不再是一种玩赏品，却是推动社会向理想前进的原动力了。画家的眼睛也就是大众的眼睛，不过比大众看得更深刻，画家的意思也就是大众的意思，不过比大众想得更远大。他所凭藉的就是在画面上创造出来的形象，他看见的想到的都在那形象上。"（《和少年们谈绘画》）因此，他把木刻艺术看成"是现实的宠儿，人民的精神上的粮食"，所以，在他的刻刀下，《嘉陵江上》、《赶场》、《人肉市场》、《被淹没的高粱地》（1940年）、《陪都剪影》、《人民的受难》（1941年）、《嘉陵纤夫》、《茶馆》、《农民印象》、《路尸》、《抢水》、《逃荒》、《日军枪刺下》（1942年）、《板车夫的对话》（1944年），这一幅幅充满了人文关怀的画面，在贫病和疾苦的揭示中，反映了特定历史时期内现实中民族灾难的深刻内涵。那些活生生的形象所表现出的挣扎、悲痛、哭泣、申诉、祈祷、切齿、愤怒、献身、战斗……正是基于他思想中的人本主义底蕴。

1942年，汪刃锋在重庆《导报月刊》上发表了一篇《艺术·人性·人权》的文章，对他笔下的那些形象作了最好的阐释："现在正是我们发现我们是人性，反抗那非人性的奴育（役）战争，在这个阶段，艺术家们应当积极地揭穿那非人的——兽的生活。铸造理想的人的生活。我们的主张是人性的，人道的，人本主义的。"汪刃锋正是从这种人性的、人道的、人本主义的思想出发，"一直要捏着他的雕刀和画笔，永远地为了千万个受难的人民而服务"，并将其视为从事于木艺的工作者们的"最高的目的"。（《略论木刻之途径》）

另一方面，由于汪刃锋在育才学校教写生课，使他有更多的机会走出户外，融进民众之中。"在嘉陵江边画拉纤的船工，我看到他们穿一件长青布衫光着屁股，背着纤绳涉水，攀着礁石，那匍匐的身影，那运用两臂和两条腿的沉重的步伐，随着沉重的吆喝向前爬着，这些形象都永远地留在我的心中。"汪刃锋以一个艺术家

人肉市场　1940年　16 cm × 31 cm

的良知，反思一个时代问题，最后凝聚到自己的画面中。

"刃锋的每一幅木刻作品，都反映了人民大众的生活和欲求，而这又都是作者具体生活的提炼与精神升腾，这说明了作者的生活正和人民大众的生活紧密地结合着。"（屠岸《刃锋的木刻艺术》）

"出现在作者笔下的人物，大多是被一般洁癖的艺术家认为'不能入画'的劳动者、受苦难的人民，在他作品中的劳动者和被侮辱与被损害者，不是作为象牙塔中的点缀陪衬而出现，而是以控诉、呼号为主题而出现的。在这苦难的人世间，作者不是一个一腔好意的看客，而是一个目击者身受者。"（李宏新《刃锋的个展》）

1942年，中国木刻展览会在莫斯科举行，汪刃锋富有"金石味"的作品，得到了苏联艺术家的赞赏，并认为他的作品具有中国的民族风格。实际上，从新兴木刻运动的整体受苏联风格影响的情况来看，汪刃锋这一时期的作品也不例外。1940年，苏联艺术家在给中国木刻艺术家的来信中曾经提到汪刃锋的《高尔基像》，认为这幅画是"充满了严格的、明确的和有力的笔触，非常单纯、简劲，光线的闪烁，表现被描写人物性格的线与点、锐利与熟练——这一切字眼都用以评论这位艺术家的超人天才的"。同时也提到"作者曾受到苏联木刻家们的优秀成就的影响"。他画中的线条处理、黑白结构以及一些基本的刀法，都与所谓的民族形式相去甚远。是不是或具不具有民族形式，在那个以木刻作为武器的时代并不是个问题，但是，能够兼具到民族形式的表现，显然是有益于这一"武器"作用的发挥。由于汪刃锋的学养基础中有中国传统绘画的基础，特别是他在从事木刻的同时还不间断地画国画以及水彩、油画等，这些绘画样式对于汪刃锋木刻创作的渗透和影响也是不可避免的。

与表现民众疾苦的画面中的深沉、凝重、真挚、庄严的风格不同的是，和《高尔基像》一样，汪刃锋在刻画他所敬仰的陶行知、鲁迅等形象时，所用刀法平和，画面明朗，充满了对所刻画人物的敬意。而他所刻的一些农民像，也表现出了这种难得的亲和力。

高尔基像　1940年　35 cm × 31.5 cm

女政治员　1940年　25 cm × 28 cm

　　高尔基的名字和他的作品，在中国人民的心里已经流传很多年了；当我读了他的自传小说《我的童年》、《在人间》、《我的大学》之后，使我感到多么兴奋、多么亲切啊！他，震动了我整个的思想和灵魂！他写的每一句话，每一段故事，都仿佛是对我说的，那么有力地教育了我，鼓舞了我。好像他就在我的耳边对我说："坚决地、顽强地向那污浊的旧社会的枷锁斗争吧！不要动摇、妥协，只有顽强地反抗、坚决地斗争到底。"

　　我以为高尔基并不是旧的人道主义的拯救者，而是觉悟了的新起的无产阶级的先驱，因此他的革命的光辉——新现实主义的艺术光辉，不仅是带着他的同伴，并且指引着全世界的进步人类，走向社会主义社会。

　　另一方面，在艺术事业上和艺术思想上，高尔基给我们的启发也是相当巨大的。解放之前，中国文坛还是十分复杂、混乱的，如唯美主义、保守主义、超现实主义等等。高尔基指示我们应该肯定哪些，否定哪些，不但如此，而且把文学艺术的思想性、典型性，作了具体的提示，加速了我们人民文艺的健康的成长。他说："人们爱听悦耳的歌声，爱看悦目的色彩，爱把环境渲染得鼓舞光明。艺术的目的，在乎夸扬善者，因此善的就变得更善了；同时他对于妨碍人类引起厌恶的东西，也会加以夸扬。因此就引起人们去消灭生活上的羞耻和劣迹，那种生来就显得愚昧与鄙俗的生活。根本说来，艺术是表示赞成或者反对的；无所谓的艺术，绝不会存在，因为人不是照相机，他不是"摄取"现实，而是要加以肯定改变或破坏。"

　　　　　　　　　　——汪刃锋《高尔基的作品教育了我》

学习　1940 年　20 cm × 28 cm

战友　1940 年　18 cm × 20 cm

嘉陵江上　1941 年　18 cm × 21 cm

农民印象　1941年　18 cm × 25 cm

农民像　1941 年　21.5 cm × 17 cm

老人像　1941 年　17cm × 14 cm

陪都剪影　1941 年　18 cm × 22 cm

纤夫　1941年　13.5 cm × 17 cm

人性要求的目的，是反对兽性的、鬼性的、神性的。兽性的范围恰恰与人性相反，同出"圆颅方趾"的人，而不能受人的待遇，受人类应有的恩泽。比如19世纪以来全世界二十万万人之中，能够过人的生活的，仅属于少数一部分。一部分人则锦衣华服西装革履，一部分人则衣衫褴褛，不遮风寒；一部分人可以受高等教育，一部分人则目不识丁；一部分人不劳而食坐享其乐，一部分人则碌碌终年，以劳力代牛马，以血汗代机器。这两种人虽然是五官相类，耳目无差，而后一种虽然具备了人形而不能得到人的生活；非人的生活，兽的生活，这是人权以外的兽性的。

但是人性的要求又不是神性的，古代人的思想，以为在人类中有灵肉二元，灵性是属于神的，肉性是属于兽的。人类去肉性而救神性。所以灭了肉体而救灵魂。这样反映在中世纪的宗教里面的禁欲主义和东方的佛教、庄老主义，都是属于这项追求的，以及我们中国的，所谓几千年的国粹礼教，都是这项的倡导者。这种人为的思想，以为人只能在魂灵的缥缈中去寻那天上的王国——极乐世界，或者是修来世。只求来世的幸福，不管今生受罪。和基督教的宁受人间罪，只求天堂福；这是出于一辙的道理。舍肉体，而救灵魂。这种是神性的，亦数于非人的。

——汪刃锋《艺术·人性·人权》

水灾（人民受难组画之二）　1942 年　20 cm × 18.5 cm

日军枪刺下　1942 年　24.5 cm × 30 cm

　　所谓非人性的也就是非人的生活。艺术家揭开这外面贴上膏药的脓疮，使人见到那破坏血球消耗细胞的不健康的可怕，相反地增加其对于健壮的爱。同时亦可以使更多的人能够因此明白人生的真实景色和那人类理想的可爱。那不合乎时代的道德，不自然的城府的生活习惯，都应当明白地指出。本来人类男女间爱的结合，是很自然的事，偏偏封建残余社会说不和习惯，那么就可耻，但是大人先生们讨几房姨太太哩，也就不无耻，与人们偏偏要受一种活死刑，所谓"殉节"、"守节"都是一种违反人道的事，中国已经节了几千年了，这等于一顶不合适的帽子戴在头上，徒惹人滑稽，此外如"割股"、"忍耐"这些都是野蛮人魔术和奴隶性的遗留，俄罗斯的诗人

同时又是画家的雪夫兼珂在他的诗篇里，所揭露的多半是社会的侧面非人的生活。其外戏剧家阿思特罗夫斯基在他的《大雷雨》里面揭露了不合于人性的家庭锁链，高尔基在他的小说之中披露了非人的生活并且告诉他们反抗和追求人的生活。

　　艺术家是人性的发现者，艺术家应当认识艺术的表现，应该是作者的感情与人生的接触，也就是艺术家使用创作的手腕，把属于人的以及非人的表现于万人的面前增加人类自身的了解与人生真实。

　　　　　　　　　　　　——汪刃锋《艺术·人性·人权》

他绝望了（人民受难组画之三）　1942 年　23 cm × 30 cm

逃到哪里去（人民受难组画之四）　1942年　23 cm × 30 cm

　　直至民国以来西画之输入在五四左右，因为是受了欧洲裸体绘画的影响，多半是表现极端个人主义的——所倡导为艺术而艺术，几乎又是堕入于灵超然的幻境了。到了抗战以后，造型艺术只是在年轻的木刻及漫画上，泛滥着人性的作品，其他种种之画幅上，仍然是神性的肉欲的色情狂的裸体，甚至有裸体又重回到超人神性的缥缈中了。

　　在日本帝国主义高压之下，我们的抗战是人性的——向帝国主义争取解放，我们这次民族革命战争，是人性的发现与争取的战争。艺术家是人性的发现代表者，艺术的表现上也应当着重在人性的人权的。

　　中国在非人生活之下，可以说是根深蒂固，几千年以来在专制王朝之下生活，再加上帝国主义的奴役，尤其是——日本帝国主义，中国在这种非人的生活之下将近一个多世纪了。这次抗日战争，并非是个人的人性的要求，而是全民族的人性的要求。20世纪以来，虽然有一些人道主义者指出了中国人民的贫弱、病、愚、非人的生活。恕不知其来由何处，现在正是我们发现我们是人性，反抗那非人性的奴役战争，在这个阶段，艺术家们应当积极地揭穿那非人的——兽的生活。铸造理想的人的生活。我们的主张是人性的，人道的，人本主义的。同时在民主革命过程，艺术家，应该是反封建的，反迷信的，歌唱人类自身的。

　　　　　　　　　　　　　　　　——汪刃锋《艺术·人性·人权》

贫与病（人民受难组画之五）　1942 年　24 cm × 29 cm

赈济（人民受难组画之六） 1942 年 23 cm × 29 cm

这是命运吗（人民受难组画之七）　　1942 年　23 cm × 30 cm

大家来商议（人民受难组画之八）　　1942 年　　18 cm × 25 cm

离开了象牙之塔，走向十字街头。离开那狭义的个人趣味的好尚，走向那广大的群众的阵营。这是艺术木刻在中国最基本的使命和最高的目的。绘画在中国，虽然是有了它悠久而光荣的历史，但是它在这几千年不算太短的日程中，毕竟是为了少数人在服务，而那绝大多数的优秀的中华民族的子孙是与它无缘呢！它是封建帝君、贵族王朝、富商大贾们的宠儿！它并不是广大人群的朋友。

艺术木刻，它随着中华民族的不幸，在万般的迫害中，和东方法西斯——日本的监视之下，所生长出来的这么一枝幼苗；它在蛇蝎的垂涎和虎狼的监视之下，在不停的战斗中，它已经壮大起来了！它是随着"九一八"的灾难，生长和锻炼出来的一支劲军，今年计算起来，它已是 13 岁了，因为它是生产在民间，来自民间，同时它还要走向民间，走向那广大的人民的怀抱。

木刻运动在中国已有了短短的 13 年的历史，以整个的美术运动而言，它的历史最短，而又最年轻，也正因为它年轻的缘故，我以血和泪，光和热铸造它所愿意的，它所爱慕的，它寄寓了绝大同情而显现的形体，这是人群所爱戴的形象和要讲述的语言，在这 13 年的木刻运动上，年轻的工作者们，贡献出了他那最真挚的热情和最高的爱！

——汪刃锋《谈中国木刻运动》

抢水　1942年　22 cm × 19 cm

孩子们　1942 年　15 cm × 19.5 cm

　　艺术家正视现实，反映了人民大众的生活与要求，他的作品就必然富于战斗性。我在汪刃锋先生的作品中又看到这样的事例了。

　　刃锋先生作品（就这次展览而言），包括绘画、木刻、漫画三大类。绘画之类，有素描，亦有取国画形式者，大都表现了四川人民的生活，如《赶场》、《嘉陵江纤夫》、《木筏出峡》、《自流井盐工》、川北农妇纺毛线诸作，都是值得赞美的。在某些画家的笔下，同样的题材也许会写得飘飘然颇有诗意，把血淋淋的现实"美化"起来，也许能"写实"些呢，亦不过给我们看几幅风土画罢了，但刃锋先生给我们的，并不是这些"闲情逸致"，他让我们看见的这些善良的人民如何在生活的重压下挣扎，我们如闻其呻吟叫唤，同时我们对于他们的工作之艰苦是不能不油然而起敬意的。自然起敬之后，问题又来了：这样的人民难道能永远被欺骗，被奴役么？不能的！

　　这一个回答，作者在他的木刻连环图《人民的受难》中很有力地说出来了。人民在受难，这受难的炼狱会把人民的战斗的能力锻炼出来；会把人民要求解放的情绪煽旺起来。人民现在还在受难，但人民不能用永久安于受难的。

　　至于在漫画之类，作者的正义的呼声以及对于丑恶的憎恨，则已达到白热化的程度。总题为《还乡梦》的多幅漫画，真是时代的记录。《受降城下》四幅严正地控诉了内战的发动者，《火箭炮》意婉而心苦，《某某会议的三形态》则揭露了反动派的心事，《民意》指出了民主的真假，假民主的狐狸尾巴始终没法掩饰。《还乡梦》反映了人民的观点，喊出了人民心里的话语，我以为这是时代的记录，盖因其不仅讽刺而已。以上所举，不足以云介绍，聊表个人心中的感激以赞叹。至若艺术之美，则有目共赏，用不到我这门外汉强作解人，喋喋饶舌了。

　　　　　　　　　　——茅盾《看了汪刃锋的作品展》

逃荒　1942 年　14 cm × 19 cm

茶馆　1942年　15 cm × 19 cm

去年教育部川康社教队在社会服务处举办木刻展览会,我去看了。一些木刻家的名字,大半熟悉,可是我特别注意一个初见的名字,刃锋。他的取材多从勤劳大众,与一般木刻家相仿,然而构图谨严,线条有力量,表现什么都表现得出,其中有些自己的东西,似乎最为杰出。我记着这个名字,久久不忘。

最近我与汪刃锋先生认识,承他带一些作品来给我看。一幅高尔基,侧形,一只手托着下巴,纯用直线条烘托,从遒劲中显出力量,有力量而不觉粗犷,传出了高氏悲天悯人的精神。几幅水灾旱灾的记录,灾民挨饿太久,全成皮包骨头,而那面貌,那姿态,谁也可以认出确是我们的同胞,不像有些木刻似的给外国人换上了中国的服装。其中描写水灾的一幅最使我感动。一家老小都挤在草屋顶上,草屋顶漂在洪水之中。那几个人有的已经咽了气,倒了;有的张着手,似乎在叫喊,眼神都瞪着前方,那表情超出乎惊恐绝望之上,背景是淡淡的无边的水。(汪先生用两块板套印,背景另是一块,用淡墨,所以是淡淡的。)民国二十八年夏天,我在乐山安

澜门外,亲眼见过同样的景象,当时只觉得无可奈何,自己站在岸上万分惭愧,而此情此景,绝非语言文字所能描摹。现在汪先生却用他的刀子描摹出来了。还有一幅题名《小组会议》,几个人聚在窑洞里,只见背形与侧形,从他们凑合的部位与身体的姿态,见出讨论时候的热烈与专心。另外一个人坐在窑洞的后部,眼注视着那几个,似乎随时要插几句的那副神气。这一幅的线条是汪先生独创的,他叫做“金石味的线条”,从钟鼎碑刻剥蚀的纹路,他得到了启发。我以为这一条途径很可以发展,这也是承受遗产,利用遗产。——此外不多记了。

汪先生善于素描。素描,是绘画艺术的基本,这一项功夫没有做到家,乱谈创作是枉费心力,要作木刻更无从着手。以我外行人的看法,汪先生的素描,观察正确,笔姿纯熟而富有趣味。承他告诉我关于素描的甘苦之谈,我觉得他的话可通于文艺,颇得到些启发。

——叶圣陶《刃锋的木刻与绘画》

告地状　1942 年　10 cm × 14 cm

饲马　1943年　14 cm × 16 cm

艺术——她应该是一盏照澈了人类生活的明灯，在她的光辉之下，她射穿了一切阴晦的颜色，她也应该揭破那些黑暗的断面。

也就是说，艺术文化是建立在现实基础之上的，她不能脱离现实，脱离现实的艺术品明明是做小众的附庸或者是生活的俘虏，又何必自命清高，虽然戴上了大师的桂冠，又岂足自荣哩？

逃避现实的艺术，使象牙之塔里的艺术家们眼睛失了明，不敢正视现实。或者是醉心于技术的追求，而忘记了用头脑，也可以说是失去了头脑的艺术家，终于是变成了技术的奴隶，这是文化上很可悲的一件事体。

木刻艺术，因为它来自民间，它结合着青年的进步性，所以在它的创作内容上，以及取材上是非常的广泛而丰富的。在国画上决

不能上画的东西，而在木刻艺术上可以无条件的表现，这是它优越的地方。

同时它能容纳各阶层的群众，它能给各种不同阶层者，以深刻明确之印象。也就是它能到"雅俗共赏"的地步。

木刻艺术在历史的进步性上，它是前卫军，我们希望这艺术文化上的前卫军能够担负它中国文化艺术的大责任，所以我们也更热烈地迎接更多的爱好的朋友来介绍它，研究它，创造它！这次在自贡市展出，我们希望把着新文化的种子，广播在我们自己国土里的每一块土地上，更希望有更多的朋友扶植它。

——汪刃锋《木刻与现实》

老农 1943年 12 cm × 8 cm

画室内　1943 年　18.5 cm × 24.5 cm

東

東方，東方——一個和平的天下。然而從天外飛來的箭鏃，卻射在和平的白鴿身上。於是，從夭殤了的和平使者的羽毛上，捧下了鮮紅的血漬，血滴又降落到大地。

及鋒木刻

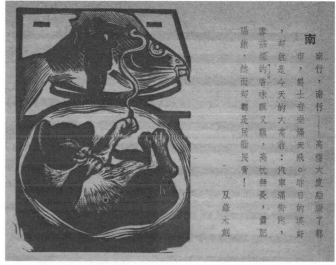

南

南行，南行——高樓大廈貼滿了都市，爵士音樂滿天飛。昨日的误好，却就是今天的大富翁：汽車滿街跑，雪茄煙的香味飄又飄，高枕無憂，腸肥，然而却都是民脂民膏！

及鋒木刻

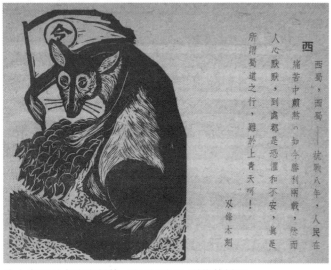

西

西蜀，西蜀——抗戰八年，人民在痛苦中煎熬。如今勝利兩載，然而人心默默，到處都是恐懼和不安，真是所謂蜀道之行，難於上青天呵！

双鋒木刻

北

北國，北國——萬里絛烟，血濺街沿。原先是大豆肥圓黄粱熟，如今如只見遍野白骨，到處火燒。純樸的農民就像牲畜，左面是火，右面是水，哪里去找尋他的安樂？

双鋒木刻

为上海环星书店出版的《环星日记》所作的插图。

嘉陵纤夫　1943年　25.5 cm × 18.5 cm

争取民主的战士

1945年，随着抗战的胜利，重庆的民主人士非常活跃，他们寄希望于通过民主协商建立一个新民主主义的新中国，为此，许多作家都参加了签名运动，汪刃锋也名列其中。后来，陪都各界推举代表参加民主促进会，木刻界则在中苏文化协会召开理事会，推举汪刃锋作为代表参加民主促进会。

在民主人士和全国人民的努力下，11月，国共两党的主席毛泽东、蒋介石终于在谈判的协议上签了字。在此后的庆祝活动中，汪刃锋担任了设计和布置会场的任务。1946年2月10日，陪都各界民主促进会准备在校场口召开大会，庆祝国共谈判成功，汪刃锋带领育才学校绘画组、戏剧组的高年级学生先期布置会场，然后做会议的纠察。汪刃锋设计的会场，"主席台中间是个朱红的'V'字，一条金箭射在'V'字中间，两边挂上两面党旗"。当会议开始奏响《义勇军进行曲》后，会场内情绪高昂，可是这时突然来了一批由市党部带来的人，其中有市党部用5000元一人雇来的打手。他们不仅破坏了原来会场的布置，重新挂上了国民党的党旗和孙中山像，唱三民主义歌，而且大打出手，把李公朴打伤，将郭沫若轰下台，发生了震惊全国的"校场口事件"。下午，民主促进会召开了紧急会议，建议两党的代表出席控诉会。第二天上午，国民党代表邵力子、张治中和共产党代表董必武、陆定一出席了中外记者招待会，文艺界代表在会上慷慨陈词，汪刃锋、倪贻德、叶浅予也在会上发言控诉国民党的暴行。事后，汪刃锋还到医院看望了受伤的李公朴，并画了李公朴的速写像。当晚，民主促进会又召开紧急会议，决定派两名代表去见蒋介石，要求惩办凶手、澄清是非，汪刃锋是其中之一。22日，重庆的《新华日报》社、《民主报》社又被国民党特务捣毁，多名工作人员受伤。汪刃锋与叶浅予、沈同衡、丁正献、王琦等17人联名表示了慰问。

经历了"校场口事件"，汪刃锋在政治上成熟起来，也坚定了追求民主的信念，但是，他毕竟是一位艺术家，不可能成为一个职业的革命家。因此，到1946年2月底，在经历了一系列的争取民主的重大事件之后，汪刃锋急流勇退，和刘岘、刘铁华三人本着各自回去开展木刻运动的思想，即复员离开重庆。此后，三人经成都、宝鸡、西安最后到达开封，由此三人分道扬镳。汪刃锋则来到了最初影响他艺术发展的上海。

这时候的上海，云集了全国各地的版画家——王琦、陈

1947年在上海个展上与学生、朋友在一起。

1947年在圣·约翰教书时与学生一起郊游。

板车夫的对话　1944 年　18 cm × 22 cm

烟桥、李桦、黄新波、章西崖、野夫、杨可杨、邵克萍、朱鸣冈、丁正献等，他们为了木刻这个神圣的理想，从各地相继来到上海，共同创造了木刻界的一个时代聚会。汪刃锋和他的画友们面对如此的盛世，像当年在重庆一样，寄希望于用运动的方式推动新时期的木刻发展。用运动的方式结合社会的需要，来推动艺术的发展，是20世纪上半叶中国美术发展史上的创造。而木刻运动在鲁迅的倡导、扶持下，成为社会艺术运动的代表，取得了骄人的成绩。这一成绩的表现不仅是有益于社会的进步，而且木刻艺术也在短短的时间内得到了超常的发展。年轻的木刻家们在抗战胜利后的上海首先开始筹划抗战八年木刻展览会，编辑抗战八年木刻选集。经过征稿等一系列的前期准备，最后在全国的几千件来稿中选出了800件，参加了1946年9月18日在上海大新公司画廊举行的展览，又从中选出了200件编印成册。在这次展览筹备委员会中，汪刃锋作为总务组成员担任了相应的工作。接着他们在展览的基础上还成立了中国木刻协会，汪刃锋被选为常务理事，负责展览部的工作。

　　1946年10月，鉴于国内的政治形式，周恩来副主席在将要离开国统区的前夕，于百忙之中在上海马思南路七十号周公馆中国代表团上海办事处，接见了汪刃锋、陈烟桥、李桦、野夫、杨可杨、余所亚、沈同衡、邵克萍等十几位留在上海的木刻家和漫画家。

　　在上海时，汪刃锋还以他在重庆参加民主活动的经验和资历，继续经常参加一些民主活动。他和宋庆龄的福利基金会取得了联系，把中国现代木刻通过中国福利基金会拿到欧美各国去展出。还和联合国救济总署的官员、美国人何曼经常联系。此人不仅是一位民主主义者，而且对中国一直友好，对中国新兴木刻事业一贯支持。在反饥饿、反内战的民主运动中，汪刃锋刻制招贴画，自己印刷后交给学生去张贴。同时，还配合复旦大学学生会与国民党的学生会竞选，他住在学生宿舍里，为候选人画像，还为他们画宣传画，使学生会最后取得了胜利。后来在学生运动高潮时，汪刃锋应同济大学学生会所请，带着全国木刻展的作品到同济大学去展览，鼓励为民主而斗争的学生。汪刃锋一直站在时代潮流的风头浪尖上，以他的热情和勇气，以他的智慧和胆识，为争取民主的事业而努力，而战斗。另一方面，汪刃锋通过中日友好组织，把中国现代木刻介绍到日本，将精选出来的木刻作品交给前内山书店的王宝良转寄给岛田政雄，后来在日本出版了一本中国版画集。同时，还通过国际民主青年组织，把中国木刻介绍到欧洲去，在捷克、匈牙利、东德都先后出版了中国版画集。汪刃锋及时的把这些情况向冯雪峰作了汇报，并请他转告了周恩来副主席。

　　1948年7月，汪刃锋作了一次台湾之旅，先后到了基

1947年在上海。

1948年在台湾写生。

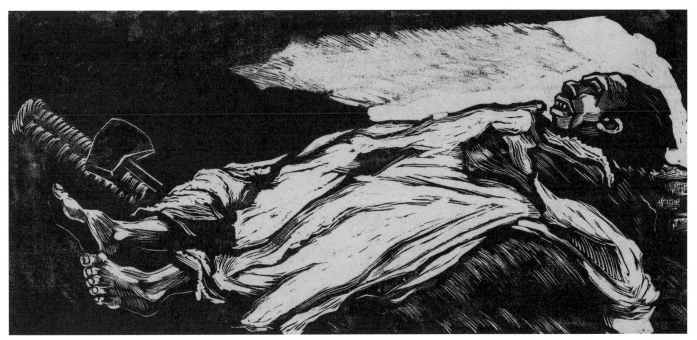

路尸　1944年　12.5 cm × 27 cm

　　1945年底，我在重庆举办了"还乡梦"个人画展。这个画展闭幕后不久，有一天刘岘同志通知我说：周副主席约你去莲花池八号吃晚饭。我听到了这个消息，想到能在周副主席身边聆听教诲，感到无上荣幸。好容易盼到傍晚，当我和刘岘同志在莲花池八号吃完了晚饭，周副主席神采奕奕地健步走进和我亲切的握手，然后，周副主席爽朗地对我谈起话来。在周副主席身边，我感到了无限温暖。周副主席关切地问到我的生活和创作，攀谈如叙家常，我也就慢慢地无拘无束了，如实地回答了周副主席的询问。周副主席在谈话中肯定了我这一时期的工作和个人活动，勉励我要深入群众，反映人民的要求和愿望，继续前进。周副主席说，文艺家要深入工厂和农村，这在国统区有困难。我们可以搞流动画展，面对中小城市和农村。木刻工作者应努力探求创造为广大群众所喜闻乐见的形式，比如民间的木版年画，北方的窗花剪纸，章回小说的绣像，如何吸取

其精华剔除其糟粕，如何普及到人民群众中去，要研究。周副主席还说，木刻可不可以用连环画形式，采取故事性情节，来暴露国统区黑暗统治，教育人民起来斗争，使广大人民群众觉醒起来，看到光明、看清前途，为实现一个新民主主义的新中国作出应有的贡献。最后，周副主席问我有没有什么困难，我说："没有。"周副主席微微地笑了，我也就就此告辞了。

　　周副主席这次谈话对我的教育和勉励，使我至今难忘。在我的身上产生着无穷的力量，一种无以名状的感念之情，至今仍在我心中回荡。回忆此后我的木刻创作和从事的木刻运动，就是由于在周副主席的这种关怀教导下产生了动力，克服了种种困难，有所前进的。

　　——汪刃锋《永远难以忘怀——敬爱的周总理对木刻界的关怀和教导》

隆、台北、台南等地，于9月20日抵达高雄。他一路用画笔记录了台湾的风情，也反映了人民生活的现实，回到台北后，就举办了"刃锋画展"。可是画展展出之后立即就引起了国民党的注意，出现这样的情况一定是有前因后果，一方面可能是因为此前他在争取民主运动中的表现已经引起的当局的注意，上了名单；另一方面则是他的作品中流露出对人文关怀的揭露，与那个时代里当局所急需的歌颂相去甚远，而这种不合拍的表现，又潜藏着社会的鼓动和宣传。因此，台北警备司令部司令严啸虎托人来找他，要和他谈谈。为了防止意外，在友人的建议和地下党的安排下，汪刃锋第二天就离开了台湾回到上海。

1948年在去台湾的景兴轮上。

汪刃锋没有想到，回到上海也不安全，因为这个时候受时局的影响，国民党不仅对共产党下手，而且也指向了民主人士和文艺界的进步人士，工人代表王孝和被枪杀，木刻家陈烟桥被逮捕而下落不明。10月底的一个夜晚，陶晓光（陶行知之子）来找汪刃锋，说汪刃锋已经上了国民党的黑名单，并代表民盟来通知他，希望他躲一躲。后来刘波泳也来通知他，说共产党得到情报，当局后天要大逮捕，汪刃锋也名列其中，希望他最近少出去，最好转移。因此，汪刃锋先在朋友家躲避了一个月，后来搭荷兰邮轮离开上海到香港。

在香港，汪刃锋见到了木刻家黄新波、王琦、黄永玉、方成，这时候，香港聚集了一批因时局而避风的文艺界人士。汪刃锋在这短暂的时间内，把《大公报》和《星岛日报》变成了他发表作品的园地。此时，国共战事的形势已明朗，面对即将诞生的新中国，汪刃锋有点按捺不住了。在这十年间，汪刃锋一直在运动和斗争中生活，一直处于时代运动的前沿，因此，香港安定的环境对他来说则显得有点不适应，所以，他急切地想回到属于他的前沿中去。

1948年在上海百老汇大楼。

北平对于像汪刃锋这样曾经为理想而奋斗的年轻艺术家来说，在共产党即将胜利的时候，则是最为向往的地方。最后在统战部的安排下，决定同意汪刃锋从中原解放区去北平。从此，汪刃锋艺术历程又将开启一个新的篇章。

在上海创作油画。

牢狱　1945年　13 cm × 19 cm

在报纸和杂志上，时常读到刃锋先生的木刻，那现实的材料和犀利的笔触，总是给读者一个生动而持久的印象。看了这次刃锋先生的个展，使过去所得零星的印象，有了一个比较完整的凝集。

第一，以前，我只知道他是搞木刻的，从这次的画展中，不但看到了我想看的木刻的全部，而且意外地看到我不打算看的西洋画和从不想看的中国画。出品之多，部门之繁，实在都令人觉得作者生命力的充实，否则，其创作的领域不会有这么宽广，其题材内容不会有这么丰富而复杂。

第二，作者选取的题材动的多于静的，人物多于静物。而且，大多都来自实际生活的见闻和经验。除了为形式和旧的格律所限的画幅外，出现在作者笔下的人物，大多是被一般洁癖的艺术家认为"不能入画"的劳动者、受苦难的人民，在他作品中的劳动者和被侮辱与被损害者，不是作为象牙塔中的点缀陪衬而出现，而是以控诉、呼号为主题而出现的。在这苦难的人世间，作者不是一个一腔好意的看客，而是一个目击者身受者。

第三，由于作者对于所采取的题材所决定的主题，都把握得很紧，故表现出来的内容和形式都非常完整，非常统一。常常看到有些作品作者仅有一个模糊的意念，而表现出来的画面，虽是只能在中国所发生的故事，而且表现和姿态往往全然是外国式的。这种毛病，在刃锋先生的全部作品中都不存在，面孔和感情都是道地的中国农民，没有乔装，没有改扮，使人感到真实亲切。传神地表现了饮泣在大地上的受难人民的生活：他们挣扎，悲痛，哭泣，申诉，祈祷，切齿，愤怒，挺身战斗，整个的色彩是沉郁，整个的调子是低沉的，这沉郁的色调，正是这蜕变中的现实。它令我们把遗忘的记忆复活，把冲淡的印象加深，这才是艺术，不，这是生命的歌颂。

——李宏新《刃锋的个展》

为南中国画像

从重庆到上海，汪刃锋已从一个新兴艺术运动的农夫变成争取民主的战士，这种身份的转换，反映了他的政治观的确立，而这种带有强烈民主思想的政治观，则直接反映到他的一系列创作之中。

"目前中国，我们眼看着就将面临了一个非常混乱的新阶段，文化艺术方面，无形中又将遭受了一次摧残和破坏，那么我们诞生于革命血泊中的艺术——木刻！能遁迹山林袖手旁观吗？不，这是绝不可能的事，眼看着整个的灾难又将降临了我们的国土，半个中国已弥漫在内战之中了，眼看着我们千千万万的同胞又将另做一次新难民了，那么我们新兴的文化的卫护者们，应该捏着锋利的刀，揭穿那好战的魔王，灾难制造者的丑恶。那么我们的任务达到完成的境地还是相当的遥远，所以我们要继续地表现人民的生活，为人民而控诉，在民主的途径上，深深地育下受难者的里程碑！这是我们的作家们应该有的态度，我们绝不是粉饰太平的装饰，而是足以代表人民大众的形象，同时还应该记得，昨天我们是为了民族革命的斗争，在抗御外来侵略者的神圣的任务里，我们歌颂了勇敢的战士，坚持抗战到底的英雄！我们贡献我们纯洁的灵魂和坚实的形象，同时在这八年不算太短的岁月里，还教育了战斗的士兵和流亡的群众，在他们这一段光荣的史迹上，我们也曾划出了他的真实的心情。可是这件事并未完了，八年来的希望在一刹那间又成了泡影。所以我们不要忘却自己的路子，

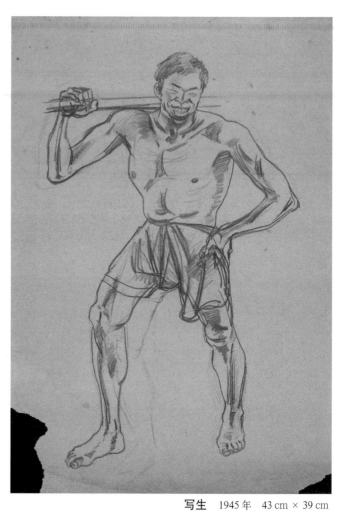

写生　1945 年　43 cm × 39 cm

上海写生　1935 年　55cm × 38 cm

吊　1946年　15.5 cm × 23 cm

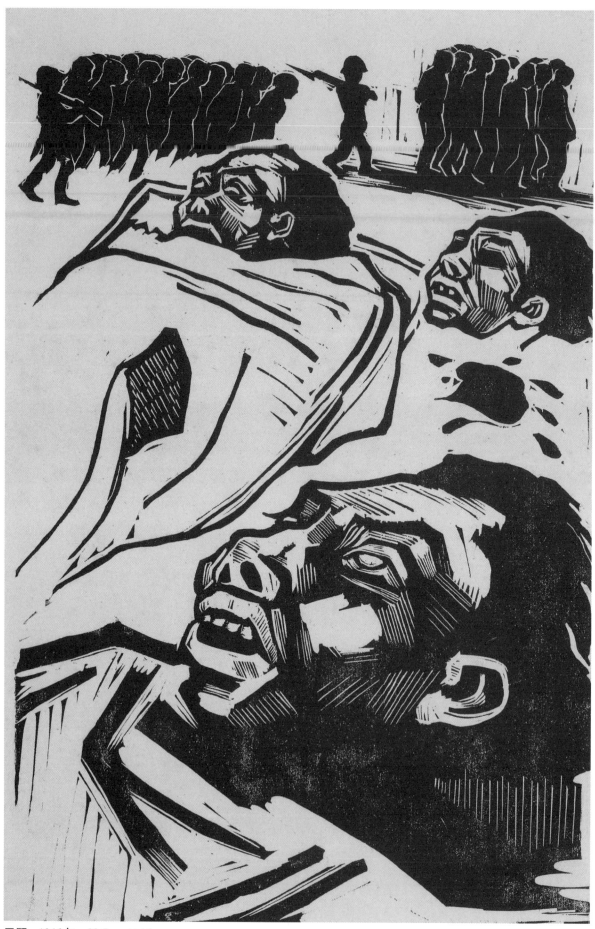

无题　1946 年　23.5 cm × 16 cm

葬仪　1946 年　16 cm × 23 5cm

应该毫不犹豫地面对着现实，以殉道者的精神，为民族的中国而战斗，要那些违反民意的魔王在我们的画笔和雕刀下战栗！"（《略论木刻之途径》）

面对新的历史时期，汪刃锋认为"在民主革命过程，艺术家，应该是反封建的，反迷信的，歌唱人类自身的"。（《艺术·人性·人权》）他的这一看法已经明确表示了他将面对新的时代任务，但是，对于一个以"人性的，人道的，人本主义的"思想为主导的艺术家来说，他敏锐地看到了抗战胜利后出现的新的社会问题，依然反映在下层社会人民的苦难之中，依然表现在人民对一个新的社会制度的企求。因此，汪刃锋一如既往地把视角伸向下层民众，用艺术揭露社会的腐败，揭露因为内战造成的人民的伤害，以期"从黑暗中刻划出期望的曙光"。《吊》、《葬仪》、《无题》、《受难者》、《被遗忘的人》、（1946年）、《都市倒影》、《新流浪者》、《日军投降之后》、《母与子》、《家》（1947年）、《失踪者》、《午夜》、《为了米》、《人市》、《挣扎》（1948年），都把表现的对象从农民转向市民——城市中流落街头的穷人、难民、乞丐。这些他在上海街头经常看到的形象，基本上是一个中国现状的缩影。因此，茅盾这样看待汪刃锋的作品："在某些国画家的笔下，同样的题材，也许会写得飘飘然颇有诗意，但刃锋给我们的，并不是这些闲情逸致，他让我们看见这些善良的人们是如何在重压下挣扎！"

1948年，上海金屋书店出版了汪刃锋的"连环叙事木刻集"《南中国的画像》，共收录了25幅作品。这是他继重庆时期的连环系列作品《还乡梦》、《受降城下》、《人民的受难》之后的又一部重要的作品，其重要性不仅是他个人的，也是美术史的。在这部史诗般的作品中，汪刃锋想以此"介绍今日随时随地都可以见到的，为苦难所磨炼的主人翁"。因此，他用像叙事诗或者是长篇小说的方式，叙述了离开土地的人们寄寓都市的艰苦曲折，表现了他们为了生存的挣扎。"他告诉我们的这个故事，是悲痛而不沮丧的，是太新鲜，太现实也太普遍的"（陈汝惠《一个悲痛而不沮丧的故事》）。汪刃锋以自己的实践说明："新艺术不仅是旧社会的解剖，更应该是人类理想的指导和新世纪的赞扬。"（《南中国的画像》序）他的这一作品在展出和出版后，好评如潮，有论者认为："我们不是在看画，简直是欣赏一首生活的史诗。正如看了郑侠《流民图》和米勒的《拾穗者》，就像读到杜甫的'三吏''三别'，白居易的'新乐府'一样，因为这些作品的选调和线条都是人生沃土上自然生成的。"（李岳南《刃锋的画》）也有论者认为这件作品，"让木刻这一种黑白分明的强有力的艺术手段，配合了民众教育影响最大的连环画的形式，在创作本身上说，实在是木刻界的一大进步，在'教育完成解放'的观点上说，则是供应了一种新的武器，建立了一种新的战斗形式"（陈汝惠《一个悲痛而不沮丧的故事》）。

从技术层面上来看汪刃锋这一时期的木刻，基本上和他所说的那样，一方面是，"既由内容到形式上追求力和美的二重节奏！由形式的开朗、明快，到内容的开朗明快！"另一方面是"由生活的尖端阴暗面到生活的反抗、乐观和自信"（《木刻读后感》1947年11月6日《时代日报》）。在具体手法的运用上，汪刃锋"不但能以简单几刀刻出几个人物，以充分显出'木味'和'刀味'来，它更能适宜地利用这黑和白，以增加画面的气氛。在他每一幅作品中，他所用的明调和暗调，却使你感到一分也不能增，一分也不能减"（朱鸣冈《刃锋和他的木刻》）。

可以说，汪刃锋以自己的方式在一个时代中作出了艺术的努力——他以自己的话语，为时代的使命呐喊；他以自己的存在，为知识分子挺立了时代的脊梁。

西康土风舞写生
1945年　38 cm × 26 cm

为上海环星书店出版的《环星日记》所作的插图。

受难者　1946 年　23 cm × 15.5 cm

建立木刻的美学基础

与一般的青年木刻家不同的是，汪刃锋在木刻运动中时常变换着角色，有着多样性的社会实践，除创作之外，他还从事组织工作，还担当了理论建设的任务。显然，在新兴木刻运动的发展中，理论建设的意义是不同一般的，它不仅是对民众的教育，也是对木刻家的指导和批评。而随着时代的变化，随着任务的不同，又随着创作的实践，随着观念的流变，理论和批评则反映了现实的状况和时代的呼声。汪刃锋先后发表了一系列的文章：《木刻艺术上两种危险的倾向》(1941年)、《木刻上的照相主义和八股主义》、《木刻短论》、《木刻与现实》(1942年)、《和少年们谈绘画》(1943年)、《谈中国木刻运动》(1944年)、《艺术·人性·人权》(1946年)、《略论木刻之途径》(1945年)、《论木刻的新阶段》(1948年)，同时还写了有关的评论，如《蓉市全国木刻展评述》(1943年)、《木刻作家介绍》(1943年)、《悼人民教育家陶行知先生》(1946年)、《米勒及其生活》(1946年)、《木刻读后感》(1947年)等。在上海展出的四届木刻展，汪刃锋每次也都撰写了评论。这些文章不仅针砭时弊，而且具有现实的指导意义。

1945年在香港。

在论述木刻的特点时，汪刃锋指出："木刻艺术和其他艺术不同之点也就是在此，木刻艺术本身也就是结合着时代的一种进步的、力强的艺术，他一直都是在力的挣扎和生的追求上战斗，抗战以来，他从未缄默过，并且他更健壮地屹立于广大群众之中，使人民对于祖国抗战胜利的信念更坚强，同时使那些抗战中的败类以及投机者们更丑陋地显现于万人的面前。

木刻上的力强，也就是那黑白的对比和线条的豪放，以强烈的色彩和线条在有限的方寸的木板上，来刻画那泼辣的、深刻的、现实的内容，这是木刻艺术上一贯的精神，他从未松懈过，并且是不断地在走这条遥远地现实主义的路子。"(《木刻短论》)

1947年在圣·约翰教书时与学生一起郊游。

在论述艺术和生活的关系时，汪刃锋认为："作为现实艺术的木刻，首先应该和照相主义作决死的斗争，它应当超出照相表达的畴范，而显现出胶片上所照不出的社会内部形态！这样木刻艺术才能完成他的任务，我们主要的要把握着生活的深入和表达的强烈性！"因此，他提出："第一，向现实生活里广泛地去取材，而加以综合的概括的艺术手法的创造！也就是说在生活的一般性能中，把握着生活的特殊性！第二，认识现实史的发展过程，更需要把握着的历史阶段的特点去创造作品！第三，再配合时代性与

被遗忘的人　1946 年　25 cm × 18 cm

时间性的扩大生产劳动的艺术中，应当报出人群集体的力量和效能！同时结合着现实中所有的或发展的条件，而阐明有刻在造型艺术上所赋予的历史意义！"（《木刻上的照相主义和八股主义》，1942年4月15日《国民公报》）

面对脱离生活、逃避现实的艺术，是"变成了技术的奴隶"，是"文化上很可悲的一件事体"（《木刻与现实》）。所以他号召艺术家"离开了象牙之塔，走向十字街头。离开那狭义的个人趣味的好尚，走向那广大的群众的阵营"。他认为："绘画在中国，虽然是有了它悠久而光荣的历史，但是它在这几千年不算太短的日程中，毕竟是为了少数人在服务，而那绝大多数的优秀的中华民族的子孙是与它无缘呢！它是封建帝君、贵族王朝、富商大贾们的宠儿！它并不是广大人群的朋友。""这是艺术木刻在中国最基本的使命和最高的目的。"

而面对空谈运动那种情形，汪刃锋则提出："在目前决不要空谈运动，应该拿作品和作风来影响运动，以研究来发扬运动，同时以真正的服务于新文化的精神。""目前我们所需要的并非是生活的浮面，不仅是口号，而是内在的蕴蓄的深度的刀的刻画和具体故事的描写。在形式方面，其实民主形式早已存在了，目前的问题是我们如何以思想和技术来丰富他，使他不单调，不空洞，不八股，而是有生命的东方风格的人民的形式，假定能达到这一步，也即是木刻艺术上最大的成果。我们应该要警觉切勿要为形式而形式，专门在这上面下工夫的人那是倒车和末路，最终仍是脱不了形式主义的牢笼。"（《木刻读后感》）

而面对各种现象，汪刃锋还表现出了历史的使命感，以自己的敏锐及时批评了极端个人主义的为艺术的艺术，他在《中国木刻之过去与未来》中指出："木刻艺术在复员后之两年来，也曾春秋照例举行画展，除了偶尔间见到一些署名不同而外，在内容和技巧上并无多大的区别，如果你不标明的几年，你说是抗战的三年又未尝不可，甚而在内容方面，趋向极端的个人主义，投降，软化了。""素来被誉为进步艺术的木刻，更不应该在黎明的前夕就显得衰老、停滞、落伍！回复到耍花枪，不关痛痒的趣味诙谐，以博得浅薄的市民们一笑而已，这是不能够也不应该的，木刻艺术应该发挥她思想上的领导作用。木刻的从事者，必须具备了坚决的、深耕人民文化的毅力，培育自发的劳动观点，为新时代的民族文化而服役。"

1947年在圣·约翰教书时与学生一起郊游。

1947年在圣·约翰教书时与学生一起郊游。

拾穗　1946年　11.5 cm × 8.5 cm

市集　1946年　22.5 cm × 76 cm

　　艺术是反映真实的工具，它是站在时代最前哨的一种武器，并且它发展的原动力，最起码的条件是要求人类共同的生活，使人类努力要求共同的生存，同时也是帮助人类具有独立的创造性。人类在各种不同的场面尽头的生活，往往他们在不知不觉中表现着各种形式不同的生活艺术，但因为客观的环境含蓄着丰富特殊象征而使它的生命力因之无形而消失了。然而它的生命力是无穷的，因为他们天天在生活着，他们有了生活当然有了生活的艺术，它的生命是随时代迈进的，所以它不能因特殊的客观环境而使它的威力永远埋掉的。

　　此次汪刃锋先生的画展，无疑的，他的作品是从许许多多的群众生活场面中搜集得来的，而现在他又在群众面前放映出来，他的艺术作品，完全是现实性的，尤其是他的木刻，热诚地、纯真地从劳苦大众的生活流线中探索出来的素材，还精巧地雕刻表现在劳动者的生活中。其次是他的漫画，逼真地反映着时代的矛盾，卑鄙、恶劣的时代丑史。再次说到他的国画，更觉得天真地表现着宇宙的"真""美""善"。

　　这样，汪先生的艺术作品，是真诚地贡献出他的生命力，同时也是表现了他的独创性。

　　　　　　　　　　　　　　　——龙圣夫《看汪刃锋先生画展》

春　1947 年　16 cm × 23 cm

秋　1947年　15.5 cm×23 cm

　　昨天，听说青年木刻家汪刃锋在大新公司开作品展览，已是最后几天了。警觉似：“我得赶快去看”，因为刃锋是我们熟知的有希望的木刻作者，过去在成都重庆举行过三次个人作品展览，当时是获得一般民众最高的评价和重视的。我曾以失去欣赏那些可贵的作品的机会为遗憾的，这一次，刃锋搬出他十年来的精心之作，在上海做首次展览，我对于木刻虽然外行，却不愿随便错过这个机会。

　　慌忙中赶到热闹的南京路，踏进大新公司的画廊，就看见许多人在那里看画，室内的布置和通常所看到的那些画展没有什么两样，但当我们抬头仔细一看，是被那一幅一幅生动的惊心动魄的景象吸住了。

　　一个老人，在惊恐和绝望的错综情绪下，一只手臂紧抱另外几个和他同样命运的孩子，在危困中共同作最后生命的挣扎。他们是在一个快要沉下去的茅草屋顶上，四周是漫天的黄色，一个孩子不

支已掉下水里去了。看啊！他们也快和屋顶一同被浪卷去了，但谁去救救他们？那就是这幅木刻的提名。

　　一片水，多少人的家就被这片洪水淹没，多少的生命也无声地被卷进去了，他幸运地逃掉这个“劫数”，用箩筐挑起他的儿子和仅有的家产（一袭破棉被），准备踏上新的生路，但“到哪里去呢？”他的有着农民本质的面孔，于是就一筹莫展，愁苦而彷徨了！

　　赈济！赈济！赈灾大员到了乡下，骄傲地坐在舒适的大椅上，欣赏着当前的景物，肥肿的身上挂着亮光光的勋章，一群饥饿的人，妇人、小孩立在他的面前，在等他的赈济！一碗稀饭，那边一个饿得颈项只有手腕一样粗细的女人，和那威武的“大员”，是个多么强烈的对照！

　　——《看刃锋木刻展——让我们的下一代看到我们是怎样生活的》

新流浪者　1947 年　22.5 cm × 15.5 cm

都市倒影　1947年　15.5 cm × 22.5cm

　　这好像是我们常看到的街头活景，但这幅用刀刻过几笔的画，带给我们的，竟有那么重的分量。木刻《在都市的边沿上》，油画《无力的同情者》，及国画《拉纤》等几十幅作品，不管在取材、主题和用笔上，都是上乘作品。使我们感到刃锋是敢于正视现实的作者，他有丰富的创作力和热情。因为他敢于正视现实，所以就用他的作品反映了人民大众的生活的要求，更因此，他的作品已非那些死的静的东西，而是蕴藏着积极性的，动的，充满战斗意识的。另外，在刃锋的作品中，田园气息极其浓厚，但这只会使我们感到更亲切和真实罢了。

　　我们常在一些作品中，看到穿中国衣裳，有洋人表情的鼻子和面孔像时装店里的模特儿样的人物，但在刃锋的作品是找不到这种情形了。他所有作品的内容和形式是统一的，譬如国画中《拉纤》的那幅，那些纤夫不仅是道地的中国人模样，而是最现实的、活生生的苦力们的模样，更非高雅山水画中的古装人物！

　　茅盾对刃锋的作品有过这样的批评："在某些国画家的笔下，同样的题材，也许会写得飘飘然颇有诗意，但刃锋给我们的，并不是这些闲情逸致，他让我们看见这些善良的人们是如何在重压下挣扎！"

　　——《看刃锋木刻展——让我们的下一代看到我们是怎样生活的》

日军投降之后　1947 年　20.5 cm × 28.5 cm

冬　1947年　15 cm × 22 cm

我们不是在看画，简直是欣赏一首生活的史诗。正如看了**郑侠**《流民图》和**米叶**的《拾穗者》，就像读到杜甫的'三吏''三别'，白居易的'新乐府'一样，因为这些作品的选调和线条都是人生沃土上自然生成的。汪先生来自农村，幼年苦学，兼有西洋画和钟鼎文金石的素养，把握现实，深入浅出，独抒心机，不落旧穴，艺术的道路是广阔远大的。

——李岳南《刃锋的画》

郑侠（1041—1119），字介夫，自号一佛居士，福建福清人，宋治平（1064—1067）间进士，熙宁六年（1073）为安上门监，善画。时久旱，流民扶携塞道，身无完衣，被锁械，犹负瓦揭木，卖以偿官。乃画所见为流民图上之。神宗览图长叹，翌日下诏，悉罢青苗新法。及王安石去，吕惠卿执政，又上书论之，徙英州。徽宗时还故官，又为蔡京所夺，归里。卒年七十九。（《宋史本传》）

米叶（米勒 Millet），1814 年生于法国诺曼底的 Gruchy，1937 年入巴黎法兰德新的波萨尔艺术学校，成为 Paul Delaroche 的弟子。1847 年首次入选官方沙龙，1848 年法国二月革命之后，绘画题材转向日常劳动者的形象，1849 年搬到巴比松而远离巴黎，直至 1875 年去世。1857 年完成代表作《拾穗者》。米勒被称为"农民画家"，他所描绘的法国田园风景，对后来的法国画家影响深远。在许多人眼里，米勒画中的农民形象，象征着近代工业化之下败坏的世界里，残留的最后一片净土。

——著者注

摊贩　1947年　16 cm × 10.5 cm

母与子　1947年　18 cm × 13.5 cm

家　1947年　15.5 cm × 12 cm

家破人亡　1948年　15.5 cm×22 cm

汪刃锋是我们熟悉的木刻家、画家。由于他生长于农村，所以他一切的作品，都刻画着农村事物，充满着大众生活的质朴情调，看了使人感到亲切而真实。他第一次举行的展览是在成都华西坝，第二次是在成都市内，当时获得了成都市的学生、市民与文化界人士的称赞与重视。他喜欢写生，足遍西北川北、川南以及川康边境各县，对于落后边地的人民生活感到深厚的兴趣，后来在重庆举行一次写生画展，抗战胜利后又在重庆举办了一次"还乡梦"个展，当时也曾轰动一时。这一次在上海举办画展是他十年来的成绩，他希望能够在这次画展中得到上海各界的批评与指导。这次画展中包括木刻、国画、西画三大类，共150余幅。

……

汪先生抗战时期，生活于四川嘉陵江畔，对于四川生活深感亲切，直至目前，他对于善良质朴的四川人民，仍怀着留恋，故在这次展览中，有关四川景物的画面特别多。

——《刃锋展览十年杰作——刻画农村情调朴质》

穷人的孩子　1947 年　22 cm × 15 cm

为了生存　1948年　20 cm × 35 cm

刃锋的做人也同他的画一样，是很成功的。他爽朗、明快、胆大、心细，人家不敢说的话他敢说，人家不敢做的事他敢做。这许多性格，通通反应在他的作品上。我爱刃锋的作品，因为他的作品，同他的性格一样，辛辣、明快，明暗的处理恰到好处，而同时他又重视技巧。换句话说，他对一切造型艺术无不力加钻研，以发挥他的长处，所以某次他在展览会上曾向人说："学院派"大师们时常笑我们基本功夫不够，现在让他们瞧瞧。由此可知他对他艺术修养有着坚强的自信。本来一个自信力强的人，往往是不大肯接受人家的意见，然而刃锋却不如此，他能接受人家善意的批评，虚心研究。你只要看他一天到晚腋下挟着一块画板，到处搜集资料，随时练习素描，便可以知道对他艺术的态度是如何的忠实了。因此我不但敬重他的成就，并对他抱着无穷的期待。

刃锋主要的作品是木刻，所以我就他的木刻来谈谈。我们知道，木刻是黑白两色的绘画。除了套色之外，它没有色彩的炫耀，然而它却是适宜于用粗大的手法，表现强有力的画面的艺术，中国木刻的传统，一向是要求着它反映现实的，所以木刻艺术，很快成为中外重视的艺术，倘使说木刻家是应该尊重这种传统，并发扬这

种传统的话，那么刃锋可以说是其中最得力的一个。他对题材的处理，人物形象的刻画，是非常认真的，充满在刃锋画面上的是中国人民，从他的画面上我们可以嗅到人间的心酸。近来有人称某某人为"人民"的什么，以资恭维。其实这种恭维无异讽刺，可是"人民"二字如果加在木刻家刃锋的头上，那就非常贴切了。

刃锋的作风是偏向粗豪的，细腻未必是好，粗豪未必即坏，总之，画家用少而坚定的笔触，表现多而繁复的东西，这才是好，这一点刃锋在某种场合上是做到了。还有值得一提的是刃锋的用刀，他以圆刀、三棱刀，所刻划出来的各式线条，是紧密的严整的配合，不单调，也不浮夸，叫人看起来是那样舒服、熨帖。早期他还喜欢用写钟鼎文字的笔法，用之于刀，好像吴昌硕之用石鼓文的写法，用之于画的一样，颇博得国外艺人的赏识，认为富有一种"金石味"。不过近来的新作中似很少用了。

——朱鸣冈《刃锋和他的木刻》

失踪者　1948 年　15 cm × 22.5 cm

午夜　1948年　15 cm × 22 cm

在文艺界的朋友之中，大家知道刃锋兄是一位木刻家，但看了这次展览会以后，却使我们知道，作者同时也是一位国画家，而且也是一位西洋画家。

从这次大新画廊展览的作品上看，我们觉得有以下几种不同凡俗而值得注意的特点：第一，就全部作品的题材上说，作者是采用了社会的下层物事为主题。例如木刻中的《为了生存》、《告地状》、《卖儿》，国画中的《小贩》、《凤阳花鼓》、《缝纫者的母女》、《鞋匠》、《卖药的夷人》、《流动的铁工们》，水墨画中的《群像》，素描中的《瞎孩子》、《纺工》、《山家》等等。这种艺术的创作倾向，无异开辟了历来画家们所没有走过的新的路径。这是一种可喜的现象。第

二，就作品的构图上说，作者对于人物的解剖，理解得非常深刻，从而使他以速写为基础而完成的各种构图，非但有力而明朗，毫无浪费的笔墨，而且创造的人物，看来更是栩栩如生。正由于作者对于人物解剖的理解力的深刻，所以能够使作者完成了第三种特点，那就是：表现手段的多面性。同一种题材，作者可以用木刻的刀，墨水或五彩，以至油画的笔，恰到好处地表现出来。作者非但致力于"专"，同时还顾到"博"。像这样的努力和成绩，也视为一般画家所不可同日而语的。

——范泉《刃锋画展》

母亲 1948年 16 cm × 20 cm

为了米 1948年 15.5 cm × 22.5 cm

1937年，他才开始自习木刻，短短的10年间，有着这样惊人的成绩，使我们的木刻老前辈也不得不表示钦佩。他的木刻，整个是金石线条的刻画，并具有一种独特的风格与气氛，他的木刻作品为创作家漾兮，批评家洪毅然认为目前最优秀的作品。这次展览中有一幅三英尺长一英尺宽，题名《赶场》的大木刻，凡是到过四川，一看就知道是在赶场，几十个不同类型的人在匆忙地做着交易，卖布的，卖羊的，卖蔬菜的，无不一一毕肖，神气活现，其余《死者的头》等10余幅也是上乘作品。

——《刃锋展览十年杰作——刻画农村情调朴质》

人市　1948年　20 cm × 29 cm

挣扎　1948 年　18.5 cm × 24 cm

他画的国画,再也不是什么高山松林、空谷明月之类,而仍是取材于大众生活,他接受了中国国画的宝贵遗产的精华,所以他国画的线条、用笔、烘染、格局仍是道地的中国气派,中国作风。这次展览中的《纤夫》、《西北的大车》、《木筏出峡》、《滩上》,即可见一斑,其他如《母爱》、《板车夫》、《拾荒童子》、《江湖术士》、《卖花生者》、《凤阳花鼓》、《滑杆》、《卖火》、《缝穷》也都富于表达人性与现实的景物。

这次展览西画部分里,油彩画相当多,中外画家以油彩描绘在黑暗中受难的人们似还不多。汪先生却依然用昂贵的油彩描绘了

《纺妇》、《石工》、《无力的同情者》,这些作品都是作者在实际生活中体会得来的,绝少浪漫气息。素描也是以生活为蓝本,如《盲童》、《桥》、《农家》等属上海风光者,如《告地状》、《小贩》等,油画风景以地方性为多,如《黄桶树》、《西湖》、《皖北农村》也都另具风格。

——《刃锋展览十年杰作——刻画农村情调朴质》

走进了都市（南中国的画像之一） 1948 年

播种（南中国的画像之五） 1948 年

租和债（南中国的画像之六）　1948 年

内战三年来，作者生活在江南一带，日常接触到的又多半是大批离开土地的人民，这里面有地主，有佃农和自耕农。可是最悲哀的要算佃农和自耕农了，他们糊里糊涂地随着地主逃亡，对都市寄寓了很多幻想，然而事实告诉他们，都市比起农村来更加残酷，更无人性！总而言之，旧社会是没有安乐土的。可是事实的教育比起什么来都要有力得多，一个农民的转变，也并非偶然，这里主人翁是一个小自耕农，一家五六口人，以往过着处耕自食的安乐生活，虽然也会受到各种损税的剥削，还可以苟且糊口，然而自从内战爆发，他们最后的一点希望也被打破了。可是由于他的保守性，无目的地随着地主们逃亡，把幻想寄托于江南的大都市，终于成了泡影！所得的是什么呢，不外是死的死了散的散了。生活教育了他，群众教育了他，铁窗的残忍，死与生的挣扎教育了他！这一辑连环画的大意是如此。

作者以往所作的连环木刻，也会和别的朋友们犯了同样的毛病，后来总企图在不断的尝试中怎样改变自己。这是一次尝试，在短短的一个暑期中所做成的，缺陷仍然存在着，我诚挚地期望着，能得到朋友们友谊的指正。

——汪刃锋《南中国的画像》序言

流亡的开始（南中国的画像之十）　　1948 年

推三轮（南中国的画像之十一）　　1948 年

拉板车（南中国的画像之十四）　　1948 年

在负荷着过多的灾难的此时此地，一个人的声音，一个婴儿的杀戮，一个在墙角下垂死的乞妇……显然的已经是极其平凡的现实了。但这些对于一个艺术家，他却非但不能熟视无睹；相反地，这一切凄惨的丑恶的现实，却正给他以揭发、激唤的任务。

读了刃锋的《南中国的画像》，我就有了这样的感想。收罗在这一个集子里的一共有 25 幅木刻，它们的取材，包括从乡村到城市，从直接的掠夺与迫害到一个家庭的离散、疾病、饥饿，以至于死亡。这期间，我们不难看到，作者面对着这些大家所熟悉的血淋淋的现实，曾经热切地殷勤地观察，缜密地思索，甚或亲切地与作品里面的受难者一同呼吸，否则它们所给予读者的绝不会是现在这样的一幅本质的意象。

我个人还感觉到这一画册与作者从前的作品有些不同。如果说作者以前"注重技巧"，那么这一画册便近乎赤裸裸地表现了。但这并不影响这本画册的意义。在这残酷的现实当中，是不容许一个艺人极意刻画的。

在序言里，作者曾经强调过"叙事诗在木刻上的运用"。无疑的，这是木刻的新的正确的方向。但叙事诗在一段创作所需要的条件之外，还要求着严密的结构。但在《南中国的画像》里，却给人们一种松散的感觉。这不能不说是作者忽略了的一点。大概作者在创作的时候，企图包罗得更丰富些，而有了这个缺点，这也许是一种不得已吧！

—— 贺新《读"南中国的画像"》

孩子被捉去了（南中国的画像之十六） 1948年

妻子死了（南中国的画像之十七） 1948年

愤怒的洪流（南中国的画像之二十一）　1948 年

如果知识是一种武装的话，教育的任务，就是解放，个人的与社会的解放。而艺术，那作为一个巨大的教育力量的艺术，不仅是描写了真实的形象，是生活上的反映，劳动上的产物，而且应该去促成社会的进步和大众的要求，使接受的人，得到启示，得到激发，得到智慧与勇气，使他们更深入地懂得投身于现实的战斗底意义与技术。

我们看到这个陈旧、纷扰、动乱，而不公平的社会，一方面在急剧地蜕变，一方面东方的大独裁者，还在梦想以"一个家族半部家书"来统治天下。而全世界的战争贩子，纵容了也畜养了战争罪犯，一切"懦弱而残酷"的法西斯蒂的杀手，都把战神奉为上帝，毁灭和平的城市，和平的乡村，和平的生活，他们宁愿失去"真理"失去"生命"来征服世界，奴役人民。生活在这个时代中，不忘正义的知识分子，都应该相信自己的存在，不是为着自己的智慧。而站在一切文化底前哨的艺术，更应该是为了大众的，也是为着真理的。

刃锋的木刻叙事书集，无论形式与内容上，都获得了这样的意义。让木刻这一种黑白分明的强有力的艺术手段，配合了民众教育影响最大的连环画底形式，在创作的本身上说，实在是木刻界的一大进步，在"教育完成解放"的观点上说，则是供应了一种新的武器，建立了一种新的战斗形式。

《南中国的画像》，乃是叙事集的第一部，他告诉我们的这个故事，是悲痛而不沮丧的，是太新鲜、太现实也太普遍。由于两千年来中国农村经济的保守形态，农民是最和平最忍耐的，他们生产、服役、流汗、流血，贡献了所有，然而终身贫苦，生活毫无保障，他们不得不为生存的自由，最低限度的温饱，为了他们不能耕种的土地而期望而痛哭。最后，他们明白了眼泪是没有用的，血也不能白流的。

有一天，风暴停止了，过去的一切似是梦魇，他们重新回到残破的家国时，看见了属于自己的土地，在那里，蕴藏着春天的花朵底种子，在那里，他们必然懂得勇气可以克服一切，信仰是不会消灭的。

刃锋病中整理了这一部书稿，交给我们付印，是十分感谢的。我们愿意在这万方多难的圣诞节日，祈祷这一位青年木刻家早日健康，祈祷一切人民的艺术家健康，因为他们的健康，他们的放直了的笔杆，就是正义、和平，就是爱与战斗，就是祖国健康的保障。

——陈汝惠《一个悲痛而不沮丧的故事》

列宁像　1948 年　30 cm × 22 cm

普希金像　1948 年　29 cm × 22 cm

汪刃锋年表 1918年—1948年

1918年
出生于安徽全椒县赤镇。原名汪亦伦。祖父王自荣，父汪有名，母鲁氏。

1924年
六岁开蒙上私塾，学名汪兆增。

1927年
随外祖父鲁鸿钧习国画、书法。鲁鸿钧字云逵，中学美术教员，善花鸟、山水，曾参加巴拿马赛会。

1929年
鲁迅与柔石、崔真吾、王方仁等合组＂朝花社＂，出版《艺苑朝华》五本。

1931年
春，＂一八艺社＂上海研究所成立，鲁迅撰《一八艺社习作展览会小引》。
8月17日，鲁迅开办木刻讲习所。
9月18日，日本侵占中国东北。

1932年
5月26日，春地美术研究所成立（7月12日被封闭）。
8月，野风画会在上海成立。
9月，MK木刻研究所在上海成立。
自习书法、绘画，练隶书《张迁碑》、《石门颂碑》，并开办私塾，同期接触到新思想。

1933年
木铃木刻研究会在国立杭州艺专成立。

1934年
3月14日＂革命的中国之新艺术展览＂在法国巴黎展出。
6月19日，现代版画会在广州成立。
夏，平津木刻研究会在北平成立，8月26日，举办＂平津木刻作品展览会＂。

1935年
1月1日，由平津木刻研究会举办的＂全国木刻联合

1946年在上海。

展览会"在北平举办。
应聘担任"赤镇小学"美术教员。

1936年
1月30日，铁马版画会在上海成立。
3月18日，现代版画会与各地版画家协商，将"全
国木刻联合展览会"改名"全国木刻流动展览会"，以
后每年举行一次。
10月19日，鲁迅在上海逝世。
步行到江苏吴江，拜见林散之先生，得先生示范教
导。同年，到南京参观全国美展；到上海，在上海美
术专科学校认识了陈烟桥、张望等几位木刻家，在他
们的介绍下，读到了一些鲁迅关于木刻的文章，深受
启发。后来又在内山书店买了一把木刻刀，以及鲁迅
编的《苏俄画选》、《珂勒惠支版画集》等图书，开始
集中精力钻研木刻。
年底，回到故乡赤镇。

1937年
年初，重庆木刻研究会成立。
7月7日，卢沟桥事件爆发。大批青年版画家、美术
家投奔延安。萌生投奔延安之想，由于凑不齐路费，
又无人介绍，于是改变主意，离家出走。
参加"安徽省动员委员会"所办乡政干部抗日训练
班，毕业后到大别山参加抗日救亡运动。

1938年
6月12日，中华全国木刻界抗敌协会在武汉成立。
10月1日，"鲁迅艺术文学院"在延安成立。此后，
鲁艺木刻研究班举办首次木刻展览会。12月，成立
鲁艺木刻工作团。
初次用笔名"刃锋"在《大别山文艺》上发表了第一
幅作品。和上海美专、中大艺术系的几位学生成立绘
画宣传队，在皖北黄泛区进行敌后宣传工作。
冬天，把在大别山画的素描、速写和创作捐献给安徽
省文化工作委员会。离开大别山，步行到宜昌，然后
乘船到重庆。

1939年
在重庆二岩教养院任劳美课教职一学期。
12月，任教于由陶行知先生创办的"重庆育才学校"
美术组，担任野外写生和西洋美术史课程。同事有陈
烟桥、张望、刘铁华等。
创作《游击队的收获》、《战友》、《在血泊中战斗》等。

1940年

中华全国木刻界抗敌协会在桂林举办"全国木刻纪念展览会"。

冬，由草街子育才学校本部调到重庆。结识王琦、丁正献。

创作《嘉陵江上》、《高尔基像》、《赶场》、《人肉市场》、《小组会》、《女政治员》、《陪都剪影》。

1941年

1月，"皖南事变"爆发。创作《起来不愿做奴隶的人们》，在《新华日报》发表《敌后游击队》，"借此抒发人民抗战的决心"。

筹备"全国抗战木刻展"，后作品义卖酬军。

创作《人民的受难》等。

1942年

1月3日，"中国木刻研究会"在重庆成立，任理事。

2月11日，参加中国木刻研究会举办的"第一次木刻作品展览会"。（此后，中国木刻研究会选其中作品送苏联、英国展览，向国外介绍中国新木刻艺术。）参展的作品得到了苏联专家的好评。

5月23日，毛泽东在延安文艺座谈会上讲话。

10月14日，中国木刻研究会举办"第一届双十节全国木刻展览会"。

创作《抢水》、《拾穗》等。

1943年

5月16日，中国木刻研究会召开临时会员大会，选举理事、监事。任中国木刻研究会理事。

作《牡丹》（郭沫若题）、《高山流水》（翦伯赞题），参加救济贫病作家义卖。

夏，随川康公路线社会教育工作队，沿途作抗战宣传到成都。建议由工作队出面举办全国木刻展，这是成都首次举办木刻展，获得了社会的称赞。在成都期间得关山月的帮助还举办了"刃锋画展"。

与国画家赵望云、关山月、许士骐等往来密切，一起探讨中国画技法，同期创作国画百余幅。

创作《嘉陵纤夫》、《茶馆》、《农民印象》、《路尸》等。

1944年

举办"刃锋画展"。

8月4日，响应中国文艺界抗敌协会成都分会"募集援助贫病作家基金运动"的号召，捐赠木刻、国画各两件，人物画两件。

1947年在上海与《安徽日报》总编、编辑一起。

为筹备《艺术教育》杂志，汪刃锋被聘为特约撰述，王琦在约稿信中要求汪刃锋给以支持，此时他们还未曾见面。

1948年在武昌与诗人曾卓。

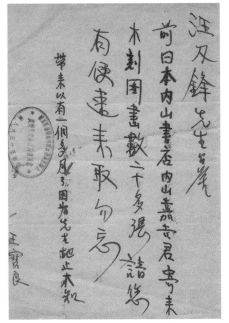

汪刃锋与内山书店的联系信函。

美国友人何曼为联系中国当代木刻赴美展览致汪刃锋的信。

台湾写生。

1945年

2月，与372名重庆文化界进步人士一起在郭沫若草拟的《重庆文化界对时局进言》上签名。

8月15日，日本宣布无条件投降。

10月10日，参加在重庆举行的"九人木刻联展"。冯玉祥、陶行知等参观了展览。

11月，中共代表团团长周恩来在莲花池八号宴请"九人木刻联展"画家和漫画家，并嘱咐其继续努力创作出更多更好的作品。周恩来还建议将重庆的木刻作品送往延安展出，并要求将重庆木刻活动的情况向延安美术界汇报。本月，国共谈判达成协议，参加庆祝大会的筹备工作，设计会场布置图。

11月，在重庆青年会举办"还乡梦"个人画展。茅盾、叶圣陶分别撰文评论展览和作品。

年底，作为木刻界的代表参加民主促进会。

1946年

1月1日，作品参加在延安举行的"木刻展览会"。

2月10日，陪都各界民主促进会准备在校场口召开大会，庆祝国共谈判成功，带领绘画组、戏剧组的高年级学生布置会场。后来会议遭国民党特务破坏，发生"校场口事件"。下午，参加两党代表出席的控诉会，在会上发言控诉国民党的暴行（发言的画家还有倪贻德、叶浅予等）。事后，去医院看望受伤的李公朴，画速写像。晚上，与另一位委员同去见蒋介石，要求惩办凶手、澄清是非。22日，重庆新华日报社、民主报社被国民党特务捣毁，多名工作人员受伤。与叶浅予、沈同衡、丁正献、王琦等17人联名表示慰问。

本月，与刘岘、刘铁华商量复员回去开展木刻运动。经成都、宝鸡到西安。在西安看望赵望云，结识田亚民、初晤来华山写生的黎雄才。离开西安到洛阳，在开封3人分手，到上海。刘岘去兰考老家，刘铁华到北平。

5月，中国木刻研究会由渝迁沪。

6月4日，中国木刻研究会改为中华全国木刻协会。在上海参与中华全国木刻协会筹备的"抗战八年木刻展览会"，编辑出版《抗战八年木刻选集》，任总务组和展览作品审查委员会成员。

9月18日，"抗战八年木刻展览会"在上海开幕。《抗战八年木刻选集》由上海开明书店出版。

10月，周恩来在上海接见汪刃锋、陈烟桥、李桦、野夫、杨可扬、余所亚、沈同衡、邵克萍等十几位木刻家和漫画家，。

举办"汪刃锋写生画展"。

1947 年

4月4日，由中华全国木刻协会举办的"全国木刻展览会"在上海大新公司画廊展出。

11月3日，由中华全国木刻协会举办的"第二届全国木刻展览会"在上海大新公司画廊展出。

《刃锋木刻集》出版。在上海大新公司举办"刃锋画展"，许广平先生观展后愿其为鲁迅先生造像。

在上海储能中学、江湾中学兼课。

1948 年

5月11日，由中华全国木刻协会举办的"第三届全国木刻展览会"在上海大新公司画廊展出。

7月，从上海到台湾旅行写生。先后去基隆、台北、台南，9月20日到高雄。回到台北后，举办"刃锋画展"，引起了国民党的注意，在中共地下党的安排下离开台湾回到上海。

10月底，得到民盟代表通知，又得到中共地下党的证实，上了国民党的黑名单，先在朋友家躲避一个月，后搭荷兰邮轮离开上海到香港。

11月1日，由中华全国木刻协会举办的"第四届全国木刻展览会"在上海大新公司画廊展出。

出版《木刻教程》、《南中国的画像》、《木刻集》。

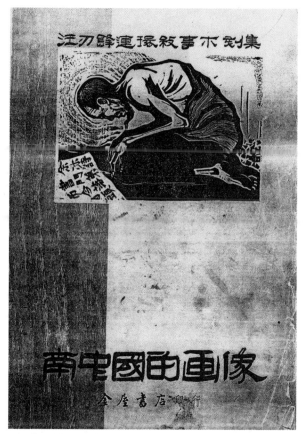

1948年12月，上海金屋书店出版的刃锋木刻连环画集《南中国的画像》封面。

死里求生（南中国的画像之二十三）　1948 年

下篇　刃锋为新时代的民族文化而服役

体验新生活，表现新时代

1949年3月，汪刃锋在　位姓陈的地下党的带领下，和清华大学的学生齐弦、刘禾田四人一起化装成商人离开香港，经广州到武汉，然后直奔大洪山，进入江汉军区。晚间，孔庆德司令员来看他们，汪刃锋给他画了一张速写。次日，他们一行就沿着湖边的大路向大洪山方向前进，到达开封。开封作协的四位同志来招待所看望他们，并希望他们留在中原解放区。不知道什么原因，汪刃锋突然放弃了去北平的想法，而同意留在了开封，这样，汪刃锋就被安排在中原大学文艺研究室。他当时的想法是，这样可以一边搞创作，一边教书。

前不久，四野大军百万雄师从东北进关，北平于1月31日和平解放。此后，四野挥师南下，大军经过河南直插武汉。汪刃锋在这一形势的激励下，向组织上递交了申请，希望随军南下。而这时大军要解放武汉三镇，也需要一批干部，于是便成立了一个南下工作团，由崔嵬带队。汪刃锋随军而行到了武汉。在武汉欢庆解放的日子里，汪刃锋和这一时期的许多文艺战士一样，再一次发挥了自己的所长，画了一幅高有丈余的大幅油画毛泽东画像，架在入城的火车头上，可以说是威风凛凛。

1949年在第四野战军。

解放后的武汉要成立中南文联筹备会，汪刃锋被选为筹备委员，这时他与一些文化界人士又会合了。7月，汪刃锋和沈同衡一起由武汉到北京参加了第一届全国文代会。由于解放前夕他们都是在上海工作，所以在这次会上被安排在华东代表团二团。应该说，参加第一次文代会是汪刃锋在新中国的最辉煌的记录。文代会闭幕的那天，周恩来总理在他的纪念册上为他题写了"为建设人民文艺而努力"，同时还有一批文化名流在他的纪念册上题字。会后，他随着华东二团与沈同衡一道返回上海，在上海看望了丰村、姚奔、西崖、麦秆、珂田等老朋友之后，就去了南京。在南京仅住了两天，并为第二野战军文艺大队的二千多名学员作了报告。这之后他们二人便搭轮船回到了武汉。

回到武汉不久，四野政治部宣传部部长王兰西把汪刃锋调到四野宣传部，任随军特派记者，跟随第十五兵团南下直奔湘、赣、粤。作为随军记者，汪刃锋此前曾和其他三人一起在衡阳四野指挥部里访问了总司令林彪，采访结束后再去追赶大部队。

过了南昌，到赣州才赶上了大部队。汪刃锋拿到了四野的护照和介绍信，又继续去追202师，终于在到达大庚岭之前赶上了师部。第二天，师部为汪刃锋配上了马和通讯员，汪刃锋就成了这支队伍中的一员，跟在浩浩荡荡的队伍后面向广州进发。一路风餐露宿，人困马乏，最后到达广州。当汪刃锋带着军管会的袖章，来到广州后，很快就与关山月、黎雄才、黄笃维、黄新波、杨纳维等文艺界的朋友见了面。

不久，四野政治部要参加一个全军战绩展览会，动员部队的美术组稿创作，这对于汪刃锋来说，是一件天大的好事，是回归美术队伍的一个契机。于是，他就想到表现衡宝战役活捉敌人兵团司令张淦的场景，还画了张草图，并顺利通过了审稿。虽然汪刃锋不太满意这张高2.5米、宽4米的油画创作，但毕竟这是一次难得的参加创作的机会。

11月，汪刃锋和西野、高虹等被派往北京，筹备全军战绩展览会。为了展览

跨过了1948年，在新年即将到来的时候，汪刃锋在一本新的日记本的首篇写道：

"过去的虽已过去，新的力量从今天起应该是它的诞生。生活、学习、做人、创作将是一种无尽的战斗，向敌人，向自己！同样的都得……不，都必须战胜它。

空谈，懒怠，懒散，拖延，犹豫，消极，这一串都是知识分子的最大的也是最严重的敌人！在这儿我们一朝发现，必须勇敢地克服它，不让它生根。

在生活中学习，在学习中生活，这是一个近代青年所必备的条件。只有在这些积累的条件中总结出所走出来的经验和教训，方才可以找出正确的路线来。同时要注意到每一次生活中的经验，不管是成功抑或是失败，都应该记下来以供研究和参考，文化生活也不能例外。"

俘虏　1949年　19 cm × 22 cm

　　文代会开幕那天非常热烈、激动。一方面是老解放区的文艺界代表蜂拥而至，另一方是国统区的文艺界代表来自四面八方。今日能团聚一堂，只有在革命取得了全国性的胜利，才有之举。周恩来总理作了三个多小时的报告，全场热烈鼓掌。下午是分组讨论。晚间参加文艺晚会。

　　文代会后各团由个人报名到各地去参观，我想看看老朋友于是便留在北平，未随团到外地去。文代会期间成立了中国美术家协会，在会上见到了许多老木刻家，如江丰、古元、沃渣、彦涵、马达、胡一川等。

　　我又去北京市文联看望了老舍、王亚平、端木蕻良、风子等老朋友。亚平是市文联秘书长，他要我留下来，我说我回去后和组织上打个招呼再联系。

　　在文代会闭幕那天，周恩来总理走下主席台和我们打招呼，我拿出纪念册请总理题词，总理写了一句话"为建设人民文艺而努力"。

　　臧克家题了如下一段"想起你给我画像，便想起上海的一段生活，它是艰苦的，但我们终于克服了它"。

　　安娥题"把刀子更有力地运用起来，我跟着你走"。

　　吴祖湘题"画工厂、画农村、画战功，画出光辉强大的新中国的成长"。

　　艾青题"只有热爱工农兵，才能得到工农兵的热爱"。

　　戴望舒"我们走上毛泽东的路，从此我们要一直向前走，我们的心结在一起，我们的手紧握着手"。

　　何其芳"表现新的人民的生活"。

　　靳以题"从前你用刀锋般的笔画苦难的中国，此后你画快乐的健康的新中国了"。

　　卞之琳"万里长征走完了第一步"。

　　陈白尘"笔锋所至，游刃有余"。

　　舒绣文"年轻的人、年轻的刀与年轻的新中国，永存！"

　　雪峰题了如下一段话"艺术为人民服务——要真正为人民，也要真正用艺术"。

——汪刃锋《回忆第一届文代会》

庆祝武汉解放(汪刃锋摄影，1949 年)。

为舒绣文、林彪、张俊强（左起）等摄影。

庆祝广州解放(汪刃锋摄影，1949 年)。

军事会议(汪刃锋摄影，1949 年)。

1949 年 1 月 1 日，他在日记中又写道："不管日子是如何的艰巨，在积累着成千的时间里，已成史迹，伟大的新兴的像河流江海一样的浩浩荡荡的生命，无时无刻，不是向着一个新的划时代的超越人类有史以来最伟大庄严的目标前进，那就是否定以往的史的陈迹，跃进了最光耀的人民世纪！这是东方旧社会一切关系的解体，也即是亚细亚生产方式解体的一年，也是久已泯灭了的东方灯塔重放出伟大光辉的一年。我将以粗犷无比的快急伸开我的双臂，张开一切可以呼吸的器官来吸一片新鲜的属于人的气息。渴望了一个世纪多的明天终于到来了，我们没有别的。只有以万分的热情全心全意地为这久久压在地下的东方人民大众做一点事。"

他还告诫自己："做自己要做的事，说自己应说的话。不是为了少数，而是为了绝大多数。"

高尔基像　1950 年　35 cm × 31.5 cm

南池子写生　1950 年　32 cm × 38 cm

北京展览馆　1950 年　32 cm × 38 cm

前门车站　1951 年　27 cm × 37 cm

　　当我带着第一届全国文代会丰收的果实，带着文艺界同仁的鼓舞，胸怀舒畅地离开了古都北平，随着华东二团与沈同衡一道返回上海。在上海我去看望了丰村、姚奔、西崖、麦秆、珂田等老朋友，便很快地搭快车去南京。到达南京时，第二野战军、文艺大队的政委来车站接我们，留住了两天。第二天一大早便派车来接我和林路去总统府大礼堂，那儿集合了二千多名学员，要我们两人作报告，推了一阵子，还是由我先开头，我谈了文艺为工农兵服务、我的体

会以及如何发挥老区和国统区两支文艺大军的那种百折不挠的战斗精神。最后我谈到文艺实践，要经过刻苦的磨炼，举出延安文艺成长的例子以结束我的讲话。学员们非常热烈地报以掌声。林路讲了音乐界的情况，从而说了今后努力的方向。这之后我二人便搭轮船回武汉了。

——汪刃锋《回忆第一届文代会》

节日　1951年　24 cm × 16.5 cm

跑驴　1951年　26.5cm × 38.5 cm

故宫角楼　1951 年　23 cm × 32 cm

建设龙须沟　　1951 年　　18 cm × 22.5 cm

　　我和汪刃锋是几十年的老朋友，他要我为他的艺术生涯说几句话，那当然是义不容辞的。

　　汪刃锋是个无遮无饰的人，他平生最讨厌奴颜媚骨。他从不把艺术当成敲门砖，从来没有把艺术作为进身阶的想法。他早年经过一段颠沛流离的生活，但他宁肯少买一些饭菜，却从不吝惜搜置为木刻用的良木板块。他对艺术是执著的，他的创作有自己的独特风格，始终保持自家的个性，从不随风倒。单凭这一点，就可以说他是一个真正的艺术家。

　　……

　　1951 年，他来到北京。有一天，他到北京市文联看望几位老朋友，他有调到市文联来的想法，我们都高兴地表示欢迎这位成名极早的木刻家。他早年的创作形象，又都浮现在我的眼前。不久，他便由华中调到北京市文联来从事创作了，并任《北京文艺》编委，同时，还代管北京市"荣宝斋"美术机构等开发业务。

　　当年，汪刃锋在版画创作中，作了很大贡献。在木刻中，他经常引用我国民族风格的水墨画气息。真可以说，他是以刀做笔的。如《嘉陵纤夫》、《故宫角楼》等，都给我留下这种印象。

　　——端木蕻良《我所认识的汪刃锋》

北京展览馆　1952 年　26 cm × 19 cm

农村小学　1952 年　9 cm × 11 cm

公园书亭　1952年　28 cm × 28 cm

归丰　1952 年　18cm × 30 cm

选代表　1952年　18 cm × 24 cm

乡村小景　1952年　13 cm × 17 cm

依靠群众团结医师集体参加防疫队（创作草图）　1954年　38cm×58 cm

早晨　1952年　19 cm × 25 cm

自流井盐　1952 年　27.5 cm × 20 cm

赛马　1952年　21 cm × 28.5 cm

会的事，汪刃锋和他的同事们，整天在档案馆查资料，可是，不久上面就有指示，说展览不搞了。于是，汪刃锋借机去看望一些老朋友。他首先到市文艺处和文联看望任文艺处处长的亚平，同时见到了端木蕻良。汪刃锋和王亚平相识于抗战时期的重庆，他们在活动中经常"聊得很欢"，并多有交往。这次在北京相见之后，自然会联想到重庆的一些往事，可是寒暄之后，他们却提出希望汪刃锋留在市文联创作部的想法，汪刃锋随即也就同意了。亚平当下让汪刃锋填了一张表，就算决定下来了。回到住地，汪刃锋把情况向四野宣传部长王兰西以及副部长作了汇报，他们说，既然已经定了，我们也不留你，今晚就给你开欢送会。这样当晚在东安市场东来顺，为汪刃锋开了欢送会。从此汪刃锋就离开了部队，结束了军中生涯，调到了北京市文联。

当时文联文艺处处长亚平同时兼任文联的秘书长和《新民报》的总编辑，汪刃锋一直视亚平为老大哥，认为他是讲友谊、讲义气的人，所以非常尊敬他。但是，看到他事无巨细都是一把抓，工作十分繁忙，又认为自己不能这样，还是想以自我奋斗的精神去搞创作。于是，便决定去石景山钢铁厂，住到了工人宿舍里。石景山钢铁厂是位于京城西边的一座日本人遗留下来的年产40万吨的钢铁厂，有两座高炉，当时其中的二号高炉正在大修。汪刃锋天天去工地画速写，收集创作素材，准备创作一幅反映钢铁工人的作品，这样一呆就是半年，画了许多修高炉的现场和出铁的景象。后来汪刃锋创作的木刻《抢修高炉》，就是源于这一时期的体验，这是他在新中国成立后创作的一幅代表作，其意义不仅表现在他个人画风的转变，更重要的是，他以自己的敏锐抓住了对后来影响很大的建设题材，成为新中国美术史上早期建设题材的代表作之一。此后，他又创作了《建设高炉》、《铁水奔流》（1953年）等。

50年代初期，新中国成立之后所带来的新的气象以及人们所感受到的一种新的生活，促使了一代艺术家深入到工厂、农村，通过自己对现实的感悟，从而为新时代创造出火红的篇章。在一个时代潮流的影响下，各地的文教单位也纷纷组织干部深入到基层。1954年，文联创作部组织艺术家到京郊农村体验生活，汪刃锋便背上了挎包和行李单枪匹马地去了南郊的鹿圈。这里是清代帝王养鹿、狩猎的地方，又称为"海子"，村里有几十户人家。汪刃锋住在一户中农的家里，与他们同吃同住，晚上和他们一起在煤油灯下谈家常、看报纸，白天则是在地里画速写，有时沿着河岸画写生。

这个村子的北面是旧宫国营农场四分场，时常能看到地里有台拖拉机在耕地。拖拉机是那个时代的新鲜事物，是几千年来面朝黄土背朝天的中国农民眼中的神话，也是那个时代追随苏联老大哥实现农业机械化的一个标志，因

五十八军孔庆德军长　1949年

人像速写　1949年

抢修高炉　1952 年　30.5 cm × 24 cm

农村速写

建设高炉　1953 年　40 cm × 30 cm

石油一厂写生　1954 年　36cm × 44 cm

抚顺煤矿写生　1954 年　36cm × 44 cm

建设工地写生　1954 年　39cm × 46 cm

莞烟、野夫、刘彦、李桦、刃锋、力群（前排由左至右，中间为李寸松）在 50 年代合影。

1956 年与作家靳以在第一汽车制造厂。

1952年与诗人臧克家在北京市文联合影。

铁水奔流　1953 年　21 cm × 29 cm

抚顺露天矿　1954 年　34.5cm × 27.5 cm

建设川江航道　1955 年　25cm × 17 cm

劳模和奖品　1954 年　43cm × 36 cm

抚顺露天矿　1955 年　25.5 cm × 33.5 cm

此，在拖拉机出现的时候，那些农民的孩子则在后面追逐嬉戏。这一景象一直印在了汪刃锋的脑海里，在回到北京之后就创作了《早晨》。汪刃锋没有在作品中画他所看到的孩子在拖拉机后面嬉戏的场面，而是在主要的位置上画了一位牵着孩子的老农，并通过那个以手遮阳的典型动作表现深藏背后的农民耕作的艰辛，从而和远处的拖拉机形成了一个鲜明的对照。显然作者富有匠心的处理，突出了一个新的气象，使原来印象中的孩子嬉戏这种生活化的场景，上升到一个具有主题的表现空间。这种结构方式，也明显区别了他过去的创作，区别了他过去所关注的下层人民的表现。这幅作品之后，汪刃锋还创作了《归丰》、《农村小学》等其他农村题材的作品。

这一年的下半年，汪刃锋又想体验一下矿山的生活，就通过煤炭部开了介绍信，下到抚顺露天煤矿。在这里他先看望了全国劳模，然后去了各个矿区，并深入到井底的掌子面。这期间，他画原有的和新配备的电铲作业，画掌握电车运转的女操作工，画工人夜校的教学，画劳模的家庭生活，体会"煤矿工人辛勤劳动的忘我精神"和"为人民创造财富无私地贡献"。这一行，汪刃锋还访问了炼油厂、发电厂。后来又到了长春，参观了伪满洲国的故宫建筑、第

运煤　1954 年　43cm × 36 cm

无题　1954 年　36cm × 43 cm

抚顺露天矿　1955 年　25.5 cm × 33 cm

一汽车制造厂的汽车城建设工地、长春电影制片厂等。

11月，汪刃锋回到北京。即刻把半年来的写生和速写陈列在创作部办公室，请同事们提意见。就在汪刃锋准备以这些素材为基础进行创作的时候，土改运动在全国展开，文联派出去参加土改的干部已回到北京，并开始准备派第二批干部参加土改。汪刃锋和过去对待重大政治事件的态度一样，立即报了名，之后他就成了北京市中央土改第一团的一员。接下来就是参加行前的各种学习，所以，原来创作计划只好搁浅。

汪刃锋在皖北的宿县张山区黄树秦参加土改，六个月后回到北京。这时已是1955年的4月。

回到北京的汪刃锋在拜访美工室主任胡蛮的时候，听说苏联派了一位专家到中央美院办油画训练班，而一些延安鲁艺的老同志也希望参加，因此美院增加了一所校外班。汪刃锋找到江丰，表达了想参加学习的意愿，并报了名。这样，汪刃锋在位于辛寺胡同的马克西莫夫油画训练班的校外班正规画了一年的油画。后来根据教学安排要下去写生，回来搞创作，加上汪刃锋还接受了总政关于建军三十周年军事画创作的任务，因此，他就把体验生活和写生结合起来。他选择了红军长征的题材，具体是红军经过大苗山的那一段，所以决定去红军长征经过的大苗山。

1956年12月10日，汪刃锋离开北京南下。他在日记中写道："为了实现我的写生愿望，长途旅行开始了，端木为我送别。我充满了信心和力量，同时又想到一定要克服可能碰到的困难，保证不辜负为八一作画的希望。"他想从三方面入手："一、部队和少数民族的关系，首先从了解民族的风俗习惯日常生活入手收集素材。二、从边防故事知部队的地方特点，从动态形象和构图的生活情调着手收集素材。三、有意识地注意将历史遗迹、地方特点来描写自然风景，并且要抓紧、迅速"。这些我们都可以从他的一系列作品和写生的素材中看到，而大苗山之行的直接成果则反映到《联欢》和《苗舞》之中。在结束大苗山之行后，汪刃锋又到了广西桂林等地写生，直至1957年3月19日回到北京，历时三个多月。

1949年在第四野战军。

抚顺露天矿井写生　1954年　37cm×44cm

人民的宪法公布了　1954年　36cm×43cm

136

方志敏　1949 年　29.5 cm × 21 cm

在政治漩涡之中

1957年2月，江刃锋完成了写生计划从广西回到北京。

这时候的中国政治舞台上正酝酿着一场大的风暴。风暴来临之前，2月27日，毛泽东在最高国务会议上作《关于正确处理人民内部矛盾的问题》的讲话，重申了在科学文化工作上实行"百花齐放，百家争鸣"的方针，4月10日，《人民日报》发表社论《继续放手，贯彻"双百"方针》。党开始号召各界人士给党提意见，帮助党整风。文联系统积极响应，正大张旗鼓地动员和发动群众参加整风运动。文联党委给了汪刃锋一张票去听市委书记彭真的报告。汪刃锋骑车赶到了南菜园白纸坊人民印刷厂的大礼堂。数千人参加了这次会议。彭真在会上讲了这次开门整风的意义，特别强调，有人说我们是引蛇出洞，一举而歼之；又有人说我们是阴谋；还有人说我们会给人戴帽子、打棍子、纠小辫子。所以，要大家消除顾虑，他还引用了毛泽东的讲话"知无不言，言无不尽，言者无罪，闻者足戒，有则改之，无则加勉"，以证实自己的说法。汪刃锋和其他人一样，听了彭真的报告，感到胸中的一块石头落了地。此后，各机关纷纷传达彭真的报告，而北京市的整风运动则是风起云涌。面对大鸣、大放、大字报的形势，汪刃锋并不能像彭真所说的那样消除顾虑，他仍然心存疑虑，这是因为他在肃反审干时的遭遇。那时候他被内查外调反省了八个月，虽然没有审出什么问题，但心里非常不愉快，认为"自己为革命文艺工作了20来年，反而落得被当作敌对阶级知识分子看待"，"在精神和人格上受到了很大的损害"。因此，汪刃锋决定接受肃反审干的教训，对这场运动采取"不参与，不表态"的态度。可以说，这是汪刃锋进入社会以来，第一次对于重大的政治事件采取了消极的态度，也可以由此看出肃反审干确实给予他心灵上以重大的打击。

这时，总政布置的创作任务还在进行之中，于是，美工室党委作出决定并得到市委的批准，要求参加创作的画家先搞完自己的创作，再参加运动。所以，他们在这一段时间内是一边听报告一边搞创作。当时，他们这批参加马克西莫夫油画训练班的学员通过学习，都有一个抱负，希望以这一批人为基础成立中国的流动画派展览会。在这一计划中，这一批人都做职业画家，以中国近代革命史为题材进行创作，到全国巡回展览，最后将画卖给文化部，以所得款项建立巡回展览会的基金。这一建议得到了江丰的赞同，也得到了文化部主管文艺的副部长刘芝明的批准，并先拨了2万元作为启动经费以表示支持这一活动。有美

大苗山写生　1956年

大苗山写生　1956年

长江岸畔　1954 年　26.5 cm × 35 cm

大苗山写生　1956年

苗舞　1957 年　62.5 cm × 44.5 cm

《活捉张淦》图稿

《家破人亡》图稿

在大苗山和广西写生期间，汪刃锋每天都写日记。这是日记中记录的芦笙进堂仪式。

对歌路上　1956年　38.5 cm × 31.5 cm

创作草图　1956 年

新港船坞　1955 年　26 cm × 19.5 cm

协领导江丰的支持，又得到了文化部的批准，参加军事画创作的画家信心倍增，到9月底的时候大多数画家都交了稿。这时候，汪刃锋还随着油画班的同学，参加中国美协的座谈会，在会上提出了中国美协的具体领导"压制了老版画家，阉割了新生的力量"。

从5月15日，毛泽东发表了党内文件《事情正在起变化》之后，6月8日《人民日报》发表社论《这是为什么》开始出现了"某些人利用党的整风进行尖锐的阶级斗争"的信号，到7月9日，毛泽东在上海作了《打退资产阶级右派的进攻》的长篇讲话，毛泽东指出"反右斗争主要是政治性质的斗争"，使一切都已经开始明朗化。全国性的反右运动大规模开始，美术界的反右斗争也与全国同步进行，7月15日出版的《美术》杂志第7期还发表了系列"反右"文章，其中有江丰的《不让右派思想钻空子》，可是仅仅隔了十来天，28日和30日，文化部就举行了"美术工作者座谈会"，揭露和批判全国美协第一副主席和党组书记、中央美院代理院长江丰的"反党言行"。这之后，美术界里出现了江丰是右派反党集团的司令、彦涵是副司令、刘迅是急先锋这样一个右派集团。如此的调门一定，油画班的人就难以幸免了，而汪刃锋忝列其中则又有另外的原因。

汪刃锋原来住在东单新开胡同群众艺术馆的楼上。在文联的鸣放会之后，他就不想去了，一直待在家里。后来《北京文艺》的一位编辑来看他，对他说"你在审干中受了那么多的委屈，还不去参加鸣放会出出气"，并告诉他这几天发言很激烈。汪刃锋在他的诱导下，产生了去参加鸣放会的想法，但还是感到没有把握，就去隔壁房间找端木蕻良商量。端木没有反对，说咱俩准备一下。很快，端木就

自画像（水彩）　1952年　42cm×28cm

20世纪50年代与版画家们在一起（前排左起刘彦、李桦、汪刃锋、力群、江丰）。

新港　1955 年　18 cm × 24.5 cm

写了几千字的发言稿，汪刃锋则写了一个发言提纲，然后就一同参加了下午的鸣放会。一到了会上，汪刃锋在气氛的渲染下，很快就沉不住气了，而端木则"脸憋得发白却始终一言不发"。汪刃锋在发言中直接向党总支书记提意见，说："你不像一个党员和总支书记，你来到文联不久就赶走了王亚平，任人唯亲。在肃反时整了我八个月，结果什么也没有整出来。当时搞了那么多的反革命，而今天在座的谁是反革命？"这短短5分钟的发言，唇枪舌剑，充满了火药味。虽然汪刃锋一吐为快，却由此埋下了祸根。会后不久，文联的党总支就派了专人参加美工室的斗争会，结合汪刃锋在美协几次会上的言论和表现，上纲上线，使他顺理成章地成了江丰右派集团中的一员。

最后定案时，主管者要汪刃锋看结论。汪刃锋有意见，因此，文联又组织了有党政工团代表参加的批斗会，最后，汪刃锋于无奈之中在下面的结论上签了字。

"鸣放时在文联会上攻击党的肃反运动，说文联肃反扩大化了，扣些莫须有的罪，我两年来抬不起头。材料是利用了群众的落后压出来这个人，再去打那个人，我认为这就是特务的组织办法。

在肃反时采取打击手段，对某些人用谈话方式暗示服从他们就宽大，这种方式就是国民党特务机关的手段。你们把白区的人都看成反革命分子，虽然有些人扣了帽子，但像我这样的人就整了八个月，这就是利用明朝手段用在肃反上。

在江丰反党五月会上及美协版画会上，汪刃锋攻击美术界党的领导不民主、不懂业务、不执行百花齐放的政策，只捧亲信，扼住了作家的咽喉，阉割了新生力量。"

定案之后，汪刃锋被降了两级，下放农村劳动改造。这样，汪刃锋从1958年2月8日来到曾是他到北京之后体验生活的地方南郊农场的旧宫大队第八生产队，一直到1963年年底调回北京，他在农村劳动改造了5年多的时间。

前门　1952年　37 cm × 46 cm

永定河引水工程　1956年　36 cm × 46 cm

汪刃锋在自己的日记中所记录的1957年右派定案结论。

京郊风景　1955 年　29 cm × 39.5 cm

鲁迅在上海　1956年　35.5 cm × 27.5 cm

儿童乐园　1955年　26.5 cm×35 cm

　　当时艺坛的时弊，不是士大夫的风花雪月、才子佳人，即是西欧印象派之后的变形。在当时这些所谓艺术，使人们在精神上产生了空虚萎靡麻木之感。所以鲁迅先生指出艺术家必须要有进步的思想和高尚的人格，才能制作出感人的作品来。又如："我们所要求的美术家是引路的先觉，不是'公民团'的首领。我们所要求的美术品是标记中国民族知能最高点的样本，不是水平线以下的思想的平均分数。"这里我们进一步体会到献身用心之良苦，他要求，作为一个艺术家在思想上必须是先进的，通过艺术品给人们以启发以深思，迸发出一股巨大的力量，冲破萎靡不振、麻木不仁的禁锢，为民族解放、祖国的未来、全世界被压迫者的解放贡献出自己的力量。鲁迅先生还奠定了中国新艺术现实主义的道路，使中国木刻艺术沿着现实主义的创作道路前进，从民族解放的抗日战争到推翻三座大山的解放战争，各个历史阶段，在木刻家的刀和笔下都得到了反映。抚今思昔，我们年轻的一代后继者，应该重新复习一下50年前先生向艺术家提出的要求，把木刻艺术现实主义的传统继承并发展下来，与那些颓废的过时的打着时髦旗号的所谓"新"作不妥协的斗争，在新的历史时期里，让中国新兴木刻重放光彩。

　　　　　　　　　　　　　　　——汪刃锋《新兴木刻的导师》

吹牛角的少年　1957年　67 cm × 52 cm

抗美援朝　1956年　17 cm × 24 cm

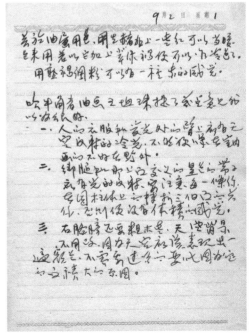

汪刃锋在日记中记录了王恤珠对他的作品《吹牛角的少年》的意见。

联欢　1957年　59 cm × 45 cm

电热机厂　1957 年　17 cm × 24.5 cm

汪刃锋在日记中记录了专家对他的作品的具体
意见。

援笔挥锄争改造

戴着右派帽了的江刃锋来到农村后，从什么农活也不会干到能干各种农活，其间经历了很多肉体上的磨难。

这是一个火红的年代，在"三面红旗"的指引下，农村的公社化和大跃进运动如火如荼。他们日夜奋战，努力赶英超美。在责任田的运动中，汪刃锋参加了关于干部责任田的会议，领导在产量方面要求从每亩 1000 斤一下子提高到 5000 斤，又从每亩 5000 斤提高到 1 万斤，最后定下来是每亩 50 万斤。于是，为了实现这个理想，汪刃锋所在的公社把村里的狗都打死，煮熟之后埋在深挖 3 米的沟内，然后在上面加 1 米厚的底肥，施以每亩 120 斤的种子。后来又搞试验田，一夜工夫把 20 亩已经抽穗的稻苗移栽到一亩地里，据说可以收几十万斤，结果秋收的时候连种子都没有收得上来。

公社化时，全国城乡开展诗画满墙运动，汪刃锋终于在农村有了用武之地。他被公社抽调去，每天挑一副担子，一边是白灰和一桶红粉，一边是一桶锅烟灰，在 50 个大队之间轮回画壁画、写大标语。显然，这是一个重操旧业的机会，但是，与汪刃锋所渴望的艺术是不可同日而语。可是对于一个在改造的人来说，能有一个"舞文弄墨"的工作也确实是不容易，因为这一时期，不要说他是右派，就是一般没有问题的画家，也在下乡的热潮中同样在画壁画的工作中度过青春的时光，也有许多人同样在农村的劳动中锻炼筋骨。所不同的是，汪刃锋是带着镣铐跳舞。

这时候，一批战犯被特赦，也被分配到旧宫劳动，但时间不长就被调回北京了。这对于汪刃锋来说，渴望回到城里的要求比渴望艺术更强烈。

1961 年的春天，当汪刃锋还在地里劳动的时候，突然接到要紧急集合的通知。他们集中在职工宿舍的场院上，见到文化局开来的一辆载重卡车上下来了一位戴眼镜的小个子干部，这位干部说话很严肃，没说什么正题，就命令汪刃锋等即刻把行李、床板都搬到车上，上午就到了文化局的生产基地——昌平县半壁店绿化队去劳动。

一批犯有这样或那样错误的人，有四五十名之多，包括还有杂技团淘汰下来的大洋马，都在新华书店的一位副经理和长安大戏院的一位经理的带领下，开始了新一轮的劳动改造。他们一边植树，一边从山下挑水灌溉，从早晨天一亮就忙到日落西山，晚上还要学习讨论，写思想检查。后来到这里来劳动的人越来越多，房子不够住，领导又发动大家打砖烧窑，并以劳动竞赛的方式促进大干快上。可

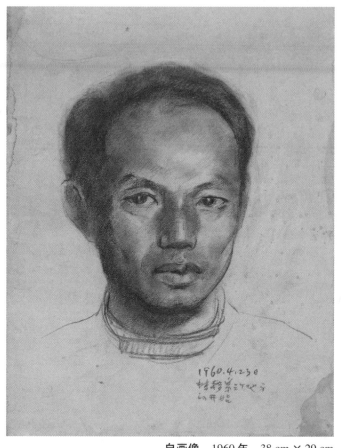

自画像　1960 年　38 cm × 29 cm

农村速写　1960 年

好班长焦裕禄　1965 年　46 cm × 36.5 cm

是以汪刃锋的体力，最多每天也只能打800块砖，离人家最多1000多块砖还有很大的差距，所以就派他去烧窑。

秋天到了，汪刃锋每天怀里揣着两个窝窝头，带着一壶水，拿着镰刀和扁担到深山里去打山草，每天的任务是150斤以上。早出晚归。深秋时，满山遍野的柿子树上一片火红，汪刃锋尽管在劳动中，还是激起了诗兴：

"山家好，极目柿林中，援笔挥锄争改造。三年容易又西风，山花相映红。"

在昌平不觉就过了3年，1963年底，汪刃锋被调回文化局集中学习，进行劳动改造的思想总结。可是没有几天，上面又动员这批人去支援南口农场的基建，于是，汪刃锋又到了南口。当结束了在南口的劳动，汪刃锋的苦役终于到了头，被安排到市印刷公司设计室，半天做书本、日期封面的设计工作，半天在制版厂车间洗玻璃。在1966年设计室合并到北京制本厂之后，汪刃锋就开始专门搞设计。在这里，汪刃锋正好遇上了学习焦裕禄的运动，也得到了一次通过画焦裕禄而可以画画的机会。2月，全国美协发表了致全国美术工作者的一封信——《学习焦裕禄彻底革命化》，要求"美术工作者在学习焦裕禄的同时，应当以各种美术形式热烈地歌颂焦裕禄、宣传焦裕禄"。因此，汪刃锋重新拿起了几乎搁置10年之久的刻刀，创作了《好班长焦裕禄》和《焦裕禄治洪水》，虽然这两幅画的画面感觉比较拘谨，在当时的同题材创作中也没有什么过人之处，但是，对汪刃锋来说却具有非常的意义，因为，他又可以拿起了自己的刻刀，回到了专业的领域。

可是好景不长，画完了焦裕禄，"文革"就开始了。作为右派分子的汪刃锋先是被游街批斗，后来就在公司所属的八九个工厂内轮流批斗，再后来就和数千名"牛鬼蛇神"一起被关到了市委党校，这之中有万里、熊复、袁水柏等。在这里汪刃锋经历了"文革"中的一个又一个运动。

在林彪事件之前，汪刃锋被市委第二学习班、军宣队强迫退休，当时他只有58岁。这是1973年。被认为是已经"没有用"，可以放出去"自己找工作"的汪刃锋，在获得自由后，5月就创作了一幅表现民族和军民关系的作品《渡》，这是他继1966年创作了表现焦裕禄的作品8年之后再次拿起了久违的刻刀。《渡》基本上是汪刃锋当年大苗山体验生活成果的继续，也是他军旅生活的回味，与他以往的创作不同的是，这时候题材中的"军民鱼水情"烙上了时代的烙印。

等到汪刃锋画面中的天安门沐浴在晨曦之中、春燕飞舞的时候，历史进入了一个新的时代。他用《春之歌》表达了自己的心情，也和同时代的所有知识分子一样，用自己的笔畅抒胸怀。直到1980年，他还创作《丙辰清明记事组画》。尽管这一组画更像同时期的檄文、诗抄，表现出了一种政治性的激情，在艺术上基本上没有太多的成就可言，

广西写生　1957年　46 cm × 36 cm

工厂速写　1957年　46 cm × 36 cm

焦裕禄治洪水　1966年　36 cm × 27 cm

但是，以汪刃锋的经历，他的这一组画正是一篇时代的檄文，不尽表达了他个人的爱和恨，同时也为一个时代的人所代言。

20世纪80年代，汪刃锋的创作一方面在回忆中表达自己的情感，他作品中的鲁迅、陶行知、周恩来，基本上都反映了他人生历程中的一个个过程；另一方面，他表现长城、巫峡、黄河、熊猫，又在一个宏观的寓意中，反映了心中的迷茫和困顿。显然，在他人生的挫折中，这种创作的弥补已经难以造就新的辉煌。因此，他就在80年代的后期终止了他50年的版画创作历程，转入到他一直难以忘怀的国画的笔墨之中。

渡（草图）　1973年

1979年与版画家章西崖、陈可田合影。

1960年出席在黄山召开的版画家协会成立会议。

160

渡　1973 年　30 cm × 42.5 cm

春之歌　1977 年　20.5 cm × 28.5 cm

巫峡　1979年　60.5 cm × 45 cm

惟有清泉日夜流

汪刃锋作为"新兴艺术运动的农夫",几十年来一直手捏刻刀,造就了他在20世纪中国美术史上的辉煌,得到了他在史学上的地位。可以说汪刃锋在木刻方面的成就,完全是因为他多方面学养的厚积薄发,或者说是他多方面学养的集中体现。这种多方面的学养,也不仅是有益于他的版画创作,而且在他的工作中也发挥了重要的帮助作用。比如1938年在大别山的时候,汪刃锋所在的小队来到黄叶乡,为了争取在地方上的一位有影响的老秀才,汪刃锋就写了一首七律《感怀》请他指正:

萍踪寄迹客心惊,几度家书报不成。
残月破窗偏有意,摇风竹影疑追兵。
亲朋海内无消息,骨肉谁来问死生。
拔剑欲餐倭虏肉,挥毫思作不平鸣。

后来,老秀才积极支持了他们的工作。而在重庆时期,汪刃锋因为自己在诗词方面的兴趣,也结识了一批诗友,其中就有后来对他进京工作起了很大作用的王亚平。其他诗人还有姚奔、曾卓、绿原等。1997年,汪刃锋出版了《画者行吟》诗集,版画家王琦认为"他的诗词和他的绘画一样的才华横溢,情真意切,保持了一个艺术家真诚的本色"。所以,端木蕻良在论述他所认识的汪刃锋时也说:"汪刃锋知识广博,兴趣宽阔,对于姐妹艺术,数十年来都持广收博取的积极态度。"

事实上,在古今中外的艺术家之中有许多是多才多艺,成就也表现在多个领域,但是,人们对他的认识往往局限在最突出的一个方面,或者是最著名的一个方面,因此而遮蔽了其他方面的成就,忽视了其他方面的成就与突出成就之间的关系。汪刃锋在木刻方面的声名就掩盖了他在其他方面的造诣,实际上他在手捏刻刀的50年的版画生涯中,同时还有其他画种的创作。1947年,汪刃锋在上海举办"刃锋画展",在200多件展品中除了版画之外还有国画、油画、素描、风俗画、水彩画。在这诸多品种的创作中,国画是他在版画之外另一大类的创作。而他第一次拜见陶行知的时候,为了证实自己的能力,出示的也是木刻和国画。这种双管齐下不仅是因为他幼年时的所学,以及从幼年就建立起来的一种兴趣,还因为他后来在这一领域之中的不断努力。这在当时年轻的木刻家中是少有的,所以,赵望

李可染为汪刃锋画展题字。

1981年在德国画展期间演示中国画技法。

战友　1980 年　47 cm × 32 cm

云第一次见到汪刃锋时看他对国画有浓厚的兴趣，就对他说："你们木刻家很少欢喜国画的，而你则是例外了。"

汪刃锋的外祖是地方上的一位书画名家，他从小的时候对外祖充满了敬意，每次到外祖家看到外祖画画就入了迷，就不想走，而回到家就模仿外祖作画的样子开始涂鸦。10岁时，他向母亲表达了随外祖学画的愿望，并拿出自己的斗方花卉给外祖看，老人看了他的画之后，认为这个孩子画画有灵气，并开玩笑说："恐怕我的衣钵要传给他了。"后来，汪刃锋在下学之后就到外祖家写字或临摹《芥子园画谱》，而外祖作画时，汪刃锋就帮外祖理纸、磨墨、洗笔。这一段时间，汪刃锋的外祖经常给他做示范，为他画课徒，汪刃锋也从临摹外祖的画入手进入到水墨的领域，直到能替外祖代笔，画一些山水花卉。应该说汪刃锋从小的所学不仅与他以后走上艺术道路有关，而且也为他结下了永远的国画之缘。

1943年，陶行知先生看到汪刃锋的国画后，不仅给予了赞许，而且还介绍他认识了赵望云。汪刃锋在冯玉祥将军的公馆见到了赵望云，赵望云给他看了自己的西北写生，他们一见如故，并将这种友谊一直向后延伸。这一年，中央大学艺术系留学英国的许士骐教授应陶行知先生之请出任绘画组主任，许教授在国画山水方面的成就令汪刃锋叹服，他们也经常在一起讨论一些国画问题。所以，汪刃锋说："这个时期我在国画研习上得到两个忘年友感到很高兴"。同时期他还在成都遇到了关山月，并为岭南画法所吸引，并在画中吸取了一些关山月用水墨的方法。此后，汪刃锋举办的第一次个展，其展品就是版画和国画，也就是说，在这一时期汪刃锋的作品还是版画和国画并重的。而汪刃锋在成都参加救济贫病作家义卖，也是拿出版画和国画，其中的国画《牡丹》上有郭沫若题："牡丹本自外来，输入中原已久。久则视同国花富贵何赏故有。"《高山流水》上有鬻伯赞题："西山薇薮今已尽，惟有清泉日夜流。"

新中国成立后，为了解决一部分老画家的生计问题，1952年，北京市文联决定成立"中国画研究会"，汪刃锋负责代为管理其中的事务。每月召开几次会议，其间与白石老人多有联系，在国画创作上得到了进一步启发。他组织国画家一起学习党的文艺方针政策，学习如何为人民服务，学习素描等业务，因此，汪刃锋经常和国画家在一起。用他自己的话说，"从此我便和国画家结下了不解之缘"。由于老舍和齐白石的关系，又因为汪刃锋和老舍自重庆时就相识，而时下老舍又是汪刃锋的领导，因此，老舍也经常带汪刃锋去见齐白石，汪刃锋也有了看齐白石作画的机会。齐白石的艺术给汪刃锋以很大的启发，"从白石的画法中，即使是小幅斗方的简笔，甚至是丈二尺的巨绘，反复琢磨，都可以从中吸取到新鲜的营养"。同时，他自己也认为和他80年代以后专攻国画和书法有一定的联系。

1943年，汪刃锋为响应中华文艺界抗敌协会成都分会的号召，参加救济贫病作家义卖捐献作品的收条。

汪刃锋的国画作品。

汪刃锋与夫人在一起

北京瑞雪　1980 年　24 cm × 18 cm

在经历了政治风雨之后，汪刃锋已经错过了他在版画创作方面的最佳时期。他在80年代后期的版画创作显然已经有些力不从心，加上后来调到北京画院工作，在以国画为主体的创作单位里，版画已经不占主流地位，那么，他回归到国画领域则是非常自然的。所以，汪刃锋在经历了几十年的努力之后，终于回到了自己心仪已久的笔墨世界之中。这种历史性的回归，既是一种自然的选择，又在其他方面反映了版画在当代的衰落和国画在当代的超常发展。可是，放眼望去，国画经过在新中国的发展，已经出现了新的气象，相形之下，汪刃锋的笔墨与时代又拉开了距离；另一方面，他一直在非专业的方向发展的国画，在应对当今专业的国画也有点不合时宜。虽然如此，他还是在国画方面取得声名，端木蕻良在《我所认识的汪刃锋》一文中给他以这样的评论："汪刃锋作的国画，不论是山水，还是花鸟，都是从客观观察现实后，经过思索，才来着笔的，他绝不是一位单纯的画师求得形似就满足"，"其实，他的国画造诣也是很深的"。

作为一个老画家，尽管汪刃锋在国画创作方面小有声名，但是，比起他在版画创作方面具有历史性的声名相比，最终还是被版画所掩盖。这种遮蔽并没有什么得失，而是在一种历史的定位中确立了汪刃锋的历史地位。

与画家潘洁兹。

与四川美协主席牛文。

汪刃锋的国画作品。

金鱼　1980年　27 cm × 38 cm

飞流(丙辰清明记事组画之一) 1980 年 38 cm × 27 cm

海啸(丙辰清明记事组画之二)　1980年　36 cm × 43 cm

赤子之心（丙辰清明记事组画之三）　1980 年　38 cm × 27 cm

火种（丙辰清明记事组画之四）　1980 年　35 cm × 27.5 cm

心碑(丙辰清明记事组画之五)　1980 年　35 cm × 27.5 cm

怒潮(丙辰清明记事组画之六)　1980 年　35 cm × 27cm

洗礼(丙辰清明记事组画之七)　1980 年　38 cm × 27 cm

噩梦(丙辰清明记事组画之八)　1980 年　39 cm × 27 cm

惊雷(丙辰清明记事组画之九)　1980 年　38 cm × 27 cm

示众(丙辰清明记事组画之十)　1980 年　39 cm × 27 cm

朝阳(丙辰清明记事组画之十一)　1980 年　40 cm × 28 cm

寒山寺　1982年　46.5 cm × 37 cm

长城瑞雪　1983 年　41 cm × 45.5 cm

沙漠探宝　1982 年　29 cm×74 cm

近年，汪刃锋更多是用毛笔来作中国画了，这对他来说，更是得心应手，毫无粘滞。他曾与白石老人合作，他画篱菊，齐白石补画两只螃蟹，别有一番情趣。这也可以说明汪刃锋幼年时由他外祖父培养的国画技艺，一直伴随着他。人们经常都以为他是一位成熟的木刻家，其实，他的国画造诣也是很深的。汪刃锋知识广博，兴趣宽阔，对于姐妹艺术，数十年来都持广收博取的积极态度。

汪刃锋作的国画，不论是山水，还是花鸟，都是从客观观察现实后，经过思索，才来着笔的，他绝不是一位单纯的画师，求得形似就满足。就拿《和平》这幅画为例：这幅画构图简单，只画了一只鸽子，站在一柱石上面。他笔下的鸽子，是那样安详、平静，但是，这只小鸽子又是那样强烈地表现出一种无畏和自信，眼光巡视着四周，充满希望的光芒。又如《银鸡图》中的银鸡，画面也有独到之处，它向往的是广阔的天空，而不是珍视着自己被人们所称道的锦羽。《凌霄》这幅画，凌霄这种植物的个性是向上的，无止境地向上，石头上的蹲鸟，仰着头向上窥探，渴望的是和上面的鸟儿

一起飞翔，飞向更远的地方。下面的鸟儿的这种欲望，衬以凌霄这种花木，画便活了。再看《鹰》这幅小画，松树上落着一只秃鹰，敛着双翼，缩着脖颈，它在作起飞前的准备。画面上是一片静谧，松针舒展地伸张着，鹰却显示出一种"静如处子，动如脱兔"一纵凌空的姿态。毫无疑问惟有能理解，这些才是画家精神状态的自然流露。画家笔下的《黄山雪霁》，就能收到与众不同的效果。自从唐宋以来，最为推崇的中国名山，都成为画家的草稿，历来大师，都曾为黄山写照。而汪刃锋笔下的黄山，取材独具风格，笔墨潇洒。《武夷游踪》构图险峻，笔墨雄浑，远山和近水形成强烈的反差，对比度强烈。《泉声》这幅画，立意新颖，笔力恣肆，运用极大的空间，通过高空桥上撑着两把伞的三个人的背影，实际上是三人处在山色空濛的雨中，争看飞流直下三千尺的气势，使观画者和画中人一样听到了轰鸣的泉声。

——端木蕻良《我所认识的汪刃锋》

熊猫　1981 年　35 cm × 27.5 cm

巫峡　1981 年　45 cm × 60 cm

黄河　1983 年　45.5 cm × 59.5 cm

武夷九曲溪　1983 年　44.5 cm × 59.5 cm

人民的好总理　1987 年　30 cm × 25 cm

汪刃锋年表 1949—

1949 年
3月，想回北平，化装成商人离开香港经广州、武汉到开封，留在中原大学文艺研究室。后来参加南下工作团，随军南下。到武汉后，参与中南文联的筹备工作，任筹备委员。调任四野宣传部。作为随军特派记者访问林彪。后随军到江西，解放广州。
7月2日，出席在北平召开的第一届全国文代会。会后周恩来同志在其纪念册上题词"为建设人民文艺而努力"。
10月1日，中华人民共和国成立。
11月中旬，由广州回武汉总政治部，创作表现衡宝战役的油画。

1950 年
11月，和西野、高虹等被派往北京，筹备"全军战绩展览会"。

1951 年
调入北京文联，兼任《北京文艺》编委，代管"荣宝斋"。到石景山钢铁厂体验生活。发现法海寺壁画，回京后向文物局长郑振铎汇报。

1952 年
参与组建并代管"中国画研究会"，其间与白石老人多有联系，在国画创作上得到了进一步启发。

1954 年
到京郊农村体验生活。
下半年，到东北抚顺露天煤矿体验生活。在沈阳参观名胜古迹。在长春参观建设中的汽车城。
9月5日，第一届全国版画展览会在北京举行。
11月，参加北京市中央土改第二团，到皖北参加土改。历时六个月。

1955 年
4月，完成土改工作回到北京。
参加苏联画家马克西莫夫的油画训练班的校外班学习。按照教学计划，同时接受总政关于建军三十周年军事画创作的任务，到红军长征经过的大苗山体验生活，收集素材。到

1949年在第一届文代会上。

在创作室里。

工商界月刊社刊登了汪刃锋的木刻《伟大的工业建设开始了》之后致汪刃锋的信。

广西桂林等地写生。

1957 年
2 月，从广西回到北京。
整风运动开始，听市委书记彭真的报告，要求向党提意见。
在江丰的支持下，按照美工室党委的决定，一面完成军事
画创作的任务，一面参加整风运动。参加中国美协的座谈
会，提出了美协的具体领导"压制了老版画家，阉割了新
生的力量"。参加市文联鸣放会，直接向总支书记提意见，
并为自己在肃反时被审查八个月叫屈，最后被定为"江丰
反党集团成员"，被打成"右派"，降两级。

1958 年
2 月 8 日，下放到南郊农场旧宫大队第八生产队。"大跃进"
开始。参加诗画满墙运动，在五个大队之间轮回画壁画写
标语。

1961 年
春，结束在南郊农场旧宫大队第八生产队的劳动改造。与
一批右派分子和犯了错误的干部到北郊小汤山山区劳动改
造、烧砖、打山草、喂牲口。

1963 年
年底，调回文化局集中学习。11 月，参加支援南口农场的
基建劳动。劳动结束后，被安排在印刷公司设计室。半天
劳动，半天设计日记本封面。后设计室合并到北京制本厂。

1966 年
"文化大革命"开始。被揪斗。

1973 年
被市委第二学习班、军宣队强行退休。

1976 年
粉碎"四人帮"，"文化大革命"结束。

1979 年
平反，同年参加第四届全国文学艺术工作者代表大会。

1980 年
"中国版画家协会"成立，当选常务理事兼展览部部长，同
年调"北京画院"。

1981 年
江苏南京、四川重庆举办"刃锋个人画展"。参展法中友协

1949 年初到北京。

1949 年在中原大学。

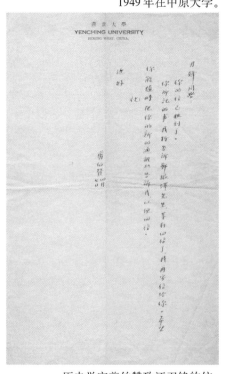

历史学家翦伯赞致汪刃锋的信。

在人民大会堂出席中国新兴版画六十年颁奖大会

2000年6月与女儿汪晓红在四川大足石刻

与夫人女儿合影

汪刃锋国画作品

在法国举办的"中国新兴版画五十周年展"。日本神奈川举办"纪念鲁迅诞辰一百周年暨中国新兴版画五十年展",用汪刃锋作品《鲁迅在上海》为招贴海报。

1982年
在福建福州、厦门举办"刃锋个人画展"。

1983年
在江西瑞金、安徽滁州、故乡全椒举办"刃锋个人画展"。

1984年
在山东济南、青岛举办"刃锋个人画展"。同年为北京市崇文区政协常委。

1987年
到原联邦德国举办画展并讲学。

1989年
在中国美术馆举办"汪刃锋创作五十年书画木刻回顾展"。

1991年
获"新兴版画贡献奖",入选日本"朝日新闻"社出版的《世界美术》一书七位中国当代著名画家之一。

1992年
出版《汪刃锋画集》(国画)。

1995年
英国剑桥大学出版的《世界名人录》将其收录。

1997年
《画者行吟》诗集。

1998年
在中国美术馆举办"汪刃锋绘画木刻创作六十年回顾展"。

1999年
应邀参加首届中国上海国际艺术节"名人名作艺术展"。
应邀参加重庆"百年版画展"。

2000 年
北京画院举行汪刃锋版画研讨会。

2001 年
到大连写生，搞国画创作。

2002 年 — 2004 年
病休在家。

汪刃锋与齐白石合影

汪刃锋国画作品

汪刃锋发表文章篇目

《木刻艺术上两种危险的倾向》(1941年)

《木刻上的照相主义和八股主义》(1942年重庆)

《木刻短论》(1942年重庆)

《木刻与现实》(1942年重庆)

《蓉市全国木刻展评述》(1943年成都)

《木刻作家介绍》(1943年成都《华西日报》)

《和少年们谈绘画》(1943年成都开明书店)

《谈中国木刻运动》(1944年成都)

《艺术·人性·人权》(1946年上海)

《略论木刻之途径》(1945年上海)

《悼人民教育家陶行知先生》(1946年上海)

《米勒及其生活》(1946年上海排名书店)

《木刻读后感》(1947年上海《大公报》)

《论木刻的新阶段》(第二届全国木刻展特辑上海)

《怎样欣赏木刻》(1947年上海《大公报》)

《看木刻、念鲁迅、写在第四届全国木刻展》(1948年上海)

《我的部队生活》(1949年北京)

《高尔基的作品教育了我》(1950年北京)

《印度尼西亚的绘画》(1951年北京《新民报》)

《从国画家的思想改造到新国画的创作》(1952年北京)

《纪念伟大的艺术家达·芬奇》(1952年《北京青年报》)

《印度艺术展览会观后》(1952年《北京青年报》)

《莫测版画展观后》(1980年南京《新华日报》)

《第八届全国版画展观后》(1983年北京)

《写在中国人民解放军全军版画展的前面》(1980年)

《新兴木刻的导师》(1982年《青海湖月刊》)

《怀念伟大的导师:纪念鲁迅逝世50周年》(1986年辽宁出版社)

《读第六届首都国画展》

《写在国际和平年回顾中国版画家们在反法西斯战争中的贡献》(1986年北京)

《略谈艺术源流和当前画坛倾向》(1982年福建)

《谈中国书法》(滁州)

《谈谈我所知道的陶行知先生》(1986年北京文史资料)

《老舍与齐白石》(1987年北京文史资料)

《在老舍家作客》(1985年北京)

汪刃锋评论篇目

叶圣陶《刃锋的木刻与绘画》(成都《新民报》, 1944 年 1 月 13 日)

李宏新《刃锋的个展》(重庆《新华日报》, 1945 年 1 月)

茅盾《看了汪刃锋的作品展》(重庆《新华日报》, 1945 年 12 月 31 日)

王谢《柳堂剩墨》(重庆《新新新闻》)

龙圣夫《看汪刃锋先生画展》(重庆《新华日报》, 1946 年 1 月 2 日)

《看刃锋木刻展——让我们的下一代看到我们是怎样生活的》(上海《大公报》, 1946 年)

《乐园中的受难者》(上海《大公报》, 1947 年)

许杰《介绍刃锋木刻绘画展览会》(上海《大公报》, 1947 年 4 月 22 日)

李岳南《刃锋的画》(上海《大公报》, 1948 年 4 月 15 日)

《刃锋展览十年杰作——刻画农村情调朴质》(上海《新民晚报》, 1948 年 4 月)

贺新《读"南中国的画像"》(上海《大公报》, 1948 年)

许士骐《刃锋的画展》(上海《大公报》, 1948 年 4 月 15 日)

范泉《刃锋画展》

朱鸣冈《刃锋和他的木刻》

端木蕻良《我所认识的汪刃锋》(《人民日报》海外版, 1989 年 8 月)

王琦《汪刃锋: 激情永远》(《人民日报》海外版, 1998 年)

图书在版编目（CIP）数据

时代的刃锋：汪刃锋研究/陈履生著. –南宁：广西
美术出版社；2004.7
（北京画院学术丛书）
ISBN 7-80674-537-8

Ⅰ.时... Ⅱ.陈... Ⅲ.①汪刃锋–人物研究②版画–
艺术评论–中国–现代 Ⅳ.① K825.72 ② J217

中国版本图书馆CIP数据核字(2004)第078902号

北京画院学术丛书

时代的刃锋·汪刃锋研究

著　　者：陈履生
出 版 人：伍先华
出版策划：姚震西
责任编辑：姚震西　罗　茵
出版发行：广西美术出版社
设计制作：北京方舟正佳图文设计有限公司
印　　刷：北京画中画印刷有限公司
版　　次：2004 年 8 月第 1 版第 1 次印刷
开　　本：889mm × 1194mm　1/16
印　　张：12
书　　号：ISBN 7-80674-537-8/J · 394
定　　价：65.00 元